KB162199

‖ 인문교양총서 24

동화가 말하지 않는 진실

그림 형제의 동화

●

김 정 철

인문교양총서 024

동화가 말하지 않는 진실

그림 형제의 동화

김정철 지음

역락

우리가 그림 형제를 말할 때, 두 명의 형제를 따로 분리해서 생각하지 않는다. 그리고 이 형제들의 이름이 무엇인지도 모르는 사람들이 많다. 그냥 그림 형제라고 말한다. 문학사에서든, 문화사에서든, 어떤 인물도 이들처럼 형제로 불리는 경우는 거의 없다. 말하자면 그림 형제 두 명은 인생을 함께 했으며, 학문을 함께 했기 때문에 구태여 따로 떼어서 생각할 필요가 없을 것 같다. 형제의 이름을 굳이 말하자면, 형은 야콥 그림(Jacob Grimm, 1785-1863)이고, 동생은 빌헬름 그림(Wilhelm Grimm, 1786-1859)이다. 이들의 이름이 세계적으로 널리 알려지고, 많은 관심을 받게 된 계기는 그들의 동화책이다.

그림 형제가 문자로 기록되지 않고 오랫동안 독일 사람들 사이에서 전해져 내려오던 동화를 1800년대 초반에 수집하여, 동화책으로 출판하였다. 동화책의 제목이 『아동과 가정을 위한 동화(Kinder- und Hausmärchen)』이다. 이 동화책 한 권이 독일 내에서뿐만 아니라 전 세계적으로 어떤 평가를 받고 어떤 영향을 끼칠지에 대해서 그림 형제 자신도 그 당시에는 예상하지 못했을 것이다. 그림 형제의 동화책은 독일 내에서 성

경 다음으로 가장 많이 인쇄된 책이다. 또한 그림 형제의 동화책은 루터 성경과 함께 세계적으로 가장 잘 알려진 독일 문화이다. 그림 형제가 독일 사람들에게 있어서 어떤 의미를 지니고 있는지를 단적으로 보여주는 것이 독일 화폐이다.

2002년 독일에서 유로화가 유통되면서, 그동안 사용해 왔던 마르크화는 사라지게 되었다. 안정된 독일 경제를 상징하던 독일 마르크화의 최고액권은 1,000마르크였다. 유로화가 유통되기 직전인 2001년 12월 말에 1마르크가 600원 정도하였으니, 1,000마르크는 600,000원에 해당한다. 이 최고액권의 초상인물이 바로 그림 형제였다. 우리나라에서도 최고액권의 초상인물을 선정할 때 많은 논란이 있었다. 논란의 핵심은 최

고액권의 초상인물은 그 화폐를 사용하는 사람들에게 가장 큰 의미를 지니는 인물이어야 한다는 것이다. 독일 사람들에게 있어서 그림 형제가 어떤 가치를 지니는가에 대해서는 더 이상 말할 필요가 없을 것이다.

그림 형제는 독일을 넘어서 세계적으로도 관심을 받는 인물이다. 그림 형제의 동화책은 세계 160개 이상의 언어로 번역되었으며, 세계적으로 가장 많이 번역된 책 중에 하나이다. 뿐만 아니라 2005년 6월 17일 그림 형제 동화책의 초판 저자 보존용이 세계기록문화유산으로 등재되었다. 이 사실만 보더라도 그림 형제의 동화책 한 권이 독일 사람들에게뿐만 아니라, 인류에 어떤 의미를 가지는지를 가늠할 수 있다. 이 책에서는 저자가 지금까지 수행한 연구의 결과물을 활용하여 그림 형제의 동화책에 수록되어 있는 동화들에 숨겨져 있는 보물들을 찾아내고자 한다. 1984년 독일 빙클러(Winkler) 출판사에서 출판된 그림 형제의 『아동과 가정을 위한 동화』에 수록된 동화를 이 책에서 다루었다.

2014년 2월 김 정 철

차례

동화의 탄생과 해석 그리고 재해석

1. 문학 창작에 대한 인간의 욕구

지구상에 살고 있는 사람들이 언제부터 동화를 서로 이야기하고, 들으면서 생활해 왔는지는 정확하게 알 수는 없다. 동화는 문학의 한 형식이며, 따라서 언어로 표현되는 예술작품이다. 언어로 표현되는 예술작품은 주로 글로 기록되어 왔다. 요한 고트프리트 헤르더(Johann Gottfried Herder)가 문학을 자연문학과 예술문학으로 나누었는데, 예술문학은 글이라는 매체로 기록되어 존재하지만, 자연문학은 주로 말이라는 매체에 의해 생명력을 유지하게 된다. 동화가 말에 의해 존재하는 문학 형식이기 때문에 동화가 언제 발생했는지, 동화가 얼마나 오래

되었는지에 대한 답을 구하기는 쉽지 않다.

하지만 여기서 아리스토텔레스의 생각을 빌려올 필요가 있다. 아리스토텔레스에 따르면 문학을 하려는 욕구는 인간이 타고났다는 것이다. 허구를 만들어내려는, 즉 문학적으로 형상화하려는 욕구가 인간의 본성에 내재해 있기 때문에 인간은 문학적 활동을 하지 않으면 안 된다. 본성에 내재되어 있는 욕구는 어떤 형식으로든 해소되어야 한다. 인간은 사회적 동물이라는 말이 있다. 인간은 혼자서는 살 수 없다. 그 이유 중의 하나는 자기 주위에 있는 사람들과 소통을 해야 하기 때문이다. 소통에 중요한 것은 이야기하고 듣는 것이다. 이야기한다는 것은 이야기하는 사람이 일어난 사실을 그대로 전달하기보다는 자신이 체험하거나 보거나 경험한 내용을 전달하는 것이다. 일어난 사실이 이야기하는 사람에게 사진처럼 그대로 전달되지 않고, 이야기하는 사람이 이미 갖고 있는 여러 필터들에 의해 걸러져 전달된다. 이야기하는 사람의 개인적 이력, 성장환경, 사회적 경험, 성향 등이 이야기 내용의 구성에 필터로서의 작용을 하게 된다. 이뿐만이 아니라 이야기를 청취하는 사람과의 관계, 시간, 장소, 분위기 등도 전달하는 이야기 내용의 구성에 중요한 역할을 하게 된다. 인간은 함께하는 인간들과 이야기하지 않고는 살 수 없다. 그런데 전달되는 이야기의 내용은 일어난 사실 그 자체는 아니다. 일어난 사실의 변화된 내용이다. 일상적인 이야기가 어떻게 문학적 형식으로, 즉 여러 필터에 의해 수정되고 변화된 내용으로 발전하는지에 대한 답을 현대전설 연구에서 찾아 볼 수 있다. 독일 통일을 전후하여 이야기된 현대전설을 살펴보자. "환영금"이란 제목이 붙여진 현대전설은 다음과 같이 이야기하고 있다.

서독을 방문하는 동독 주민들에게 지급되던 환영금과 관련한 이야기이다. 괴팅엔의 한 젊은 여자가 몇 가지 물건을 사기 위해 두어 살 된 아이를 태운 유모차를 슈퍼마켓 앞에 세워놓았다. 그런데 그 여자가 아이가 탄 유모차로 돌아왔을 때, 유모차 속에 아이가 들어 있지 않았다. 그 여자는 놀라서 주위에 있는 사람들에게 물어보기도 하면서 주위를 샅샅이 뒤졌다. 하지만 찾을 수 없어서 경찰을 불렀다. 경찰도 도움이 되지 못했다. 아이의 흔적은 어디에서도 찾을 수 없었다. 그런데 한참 후 그 아이가 다시 유모차 속에서 발견되었다. 이 사건의 경위는 다음과 같았다. 동독 출신의 한 부부가 환영금을 더 받기 위해 아이를 빌려갔던 것이다. 그 부부는 이런 일을 벌인 데 대하여 사과하며 아이의 어머니에게 꽃 한 다발을 선물했다.

환영금이란 서독 정부가 1970년부터 서독을 방문하는 동독 주민들에게 서독에서 필요한 소비를 할 수 있도록 30마르크를 선물로 지급했다. 이 환영금을 받은 동독 주민들의 수가 매년 40,000에서 60,000명이다가, 1987년에는 1,300,000명에 이르렀다. 통일 직전인 1988년부터는 100마르크를 지급했다. 이 환영금 지급은 통일이 진행되던 1989년 12월 29일에 중지되었다. 이 현대전설의 주제가 되는 환영금은 실제 있었던 사실이다. 그런데 현대전설이 이야기하는 사건이 실제로 일어났는지에 대해서는 확인할 바가 없다. 사건이 일어난 도시의 경찰서에서는 이와 관련된 기록이 없기 때문이다. 환영금은 사실이지만, 이와 관련되어 이야기되는 현대전설의 내용은 허구이다. 그러면 이런 현대전설이 어떻게 해서 만들어지고 이야기되어지는가? 당시 환영금을 동독 주민들이 부정 수령하는 경우가 종종 보도되었다. 이러한 상황이 이 현대전설을 나오게 만든 배경이다. 이 현대전설을 이야기한 사람은 서독 사람이다. 서독 사람의 입장에서는 환영금을 부당 수령하는 동독 주민들에 대해 부정적인 감정을 가졌고, 이를 현대전설이라는 이야기를 통해 표현한 것이다.

1961년 동독과 서독을 갈라놓았던 베를린 장벽은 분단의 상징으로 간주되었는데, 1989년 이 베를린 장벽이 무너지면서 서로 다른 정치적 체제하에서 살아온 독일인들이 정치적으로 통일된 하나의 국가 속에서 같은 독일인으로 살아갈 수 있다는 희망을 가졌다. 그런데 베를린 장벽은 독일인들을 공간적으로만 분리한 것이 아니라 그들의 정신세계 속에서도 존재하여, 통일 이후에도 계속 존재하고 있었다. 그래서 장벽이 무너진 후 얼마 있지 않아 이런 희망이 쉽게 실현될 수 없을 것처럼 보였다. 독일 통일 이후 이러한 희망을 실현시키기 위해 온갖 노력들을 다하였지만, 동독 주민들과 서독 주민들 사이에 동등하지 않다는 감정, 낯설다는 감정이 발견되었다. 45년 동안 지속되었던 서로 다른 정치, 경제 체제, 서로 다른 생활방식과 경험들은 쉽게 극복될 수 없었기 때문에 서독과 동독이 통일되고 난 후에도 동독 주민들과 서독 주민들 사이에 관계의 문제가 줄어들지 않았고, 그들은 서로에 대해 이질감을 느꼈다.

독일 주민들은 통일이 되고 난 후에 '다른' 독일 주민들과 만날 수 있는 기회가 더 많아졌고, 이를 통해 얻은 경험들을 이야기했다. 이런 이야기들은 일상에서 일어난 사건들에 대해 문학적인 형식을 만들어내려는 의도 없이 구연되었지만, 입에서 입으로 구전되는 과정에서 실제와 거리를 유지하면서 문학적 형식으로 발전하였다. 현대전설에서 이야기되는 사건의 구성은 사실이 아니지만, 그 현대전설의 주제인 환영금은 사실이다. 이 환영금을 둘러싼 사건을 허구적으로 만들어내면서 서독 사람들이 동독 사람들에 대해 갖는 감정을 표현하고자 했다. 인간은 자신의 문제이든 자신이 속해 있는 사회의 문제이든 자신의 시각으로 이야기하고자 하는 욕구를 가지고 있다. 동화는 인간의 본성에 내재한 이야기 욕구를 충족시키면서 입에서 입으로 전해지는 문학적 형식이다. 문학적 소양과 재능이 있는 인간이라면 창작을 통해서 문학을 하려는 욕구를 충족시킬 수 있고, 문학적 소양과 재능이 없는 인간은 문학을 소비하면서, 즉 문학 작품을 읽거나 청취함으로써 그런 욕구를 충족시킬 수 있다. 동화는 다른 사람에게서 듣고, 또 다른 사람에게 이야기해 줌으로써 자연스럽게 문학을 하려는 인간의 욕구를 충족시켜줄 수 있는 문학 형식이다. 인간은 불의 사용, 언어의 사용, 직립하여 걷기를 통해서뿐만 아니라 동화를 듣고 또 이야기해주는 활동을 통해 동물과 구분된다. 오늘날 문화학에서도 이야기를 하려는 욕구는 인간의 기본 욕구로 간주된다.

2. 동화의 문화학적 해석

인간이 이야기하려는 기본 욕구를 충족시키는 과정에서 인류가 가졌고 경험한 흔적들을 동화 속에 남겼다. 한 예로서 동화 「군소」를 들 수 있다.

군소라는 이름은 자선이라는 기관에서 군청색 색소를 뿜어 자신을 보호하는 것에서 유래했다고 알려져 있다. 머리에 한 쌍의 더듬이가 있는데 이것이 토끼의 귀와 비슷하고 순하다고 해서 영명은 '바다의 토끼(sea hare)'라고 한다. 연체동물이지만 몸을 보호하는 단단한 껍질이 없다. 몸이 불룩하고 물렁

물렁하다. 몸 양쪽에는 날개모양의 근육이 있고 몸 뒤쪽으로 갈수록 약간 갈라져 있다. 머리에는 촉각과 후각을 느낄 수 있는 더듬이가 있고, 몸의 양 측면에는 날개 모양의 근육이 있다. 몸 색깔은 주로 흑갈색 바탕에 회백색 얼룩이지만 살아가는 주변 색깔에 따라 차이가 심하다. 다 자라면 몸 길이는 20~30cm에 달하며 산란 직전 몸무게는 약 500g 정도이다.

― 두산백과

동화 「군소」는 다음과 같이 이야기 된다.

옛날 옛적에 한 공주가 성에 살고 있었다. 이 성에 방이 하나 있었는데, 여기에 열두 개의 창문이 달려 있었다. 여기서 왜 하필이면 창문이 열두 개인가? 동화는 표현방식에 있어서 규칙성을 따르고 있다. 숫자를 쓰더라도 임의의 숫자가 나타나지 않고, 특정의 숫자들이 나타난다. 동화에 전형적으로 나타나는 숫자는 1, 2, 3, 7, 12, 100이다. 여기서 창문이 열두 개 있다는 것은 창문이 많다는 뜻이다. 이 창문을 통해서 공주는 자신이 지배하는 왕국 구석구석을 볼 수 있었다. 두 번째 창문에서는 첫 번째 창문에서보다 더 잘 볼 수 있었고, 세 번째 창문에서는 두 번째 창문에서보다 더 잘 볼 수 있었다. 열두 번째 창문에서는 공주의 눈에 보이지 않는 것이 없었다. 그래서 공주가 볼 수 없는 것은 이 왕국에서 하나도 없었다. 그야말로 공주는 막강한 힘을 가진 지배자이고, 그녀를 누를 수 있는 자는 아무도 없었다. 그녀는 누구의 간섭도 받지 않고 혼자서 왕국을 지배하려 했다. 그런데 이렇게 힘 있는 공주는 거만한 존재로 평가를 받는다.

공주는 남성에 대해 월등한 힘을 가지고 있고, 어떤 남성에게도 자신의 자리를 내어 주려 하지 않는다. 이러한 공주는 그림 형제의 동화에서 전형적이지 않은 여자주인공으로 간주되어 왔다. 통상적으로 그림 형제의 여자주인공은 신데렐라나 백설 공주처럼 아름답기는 하지만 주위의 사람들로부터 억압을 받거나 피해를 보는 순지 무구한 여성인 것으로 알려져 있다. 이런 측면에 이 동화에 등장하는 공주는 그림 형제 동화의 여주인공과는 다른 특징을 갖고 있다. 공주는 다음과 같은 결혼 조건을 제시한다. '자신과 결혼하고 싶은 남성은 자신에게 발견되지 않도록 몸을 숨길 수 있어야 한다.' 만약 그녀에게 발각되면, 그 남성의 목은 잘려 장대에 매달리게 되었다. 공주와 결혼하고 싶어 공주에게 청혼을 한 남성 97명이 공주의 결혼 조건을 충족시키려 시도했으나 실패를 하게 되었다. 결국 그들의 97개의 목이 성 앞에 장대에 꽂히게 되었다. 더 이상 공주와 결혼하겠다고 나서는 사람이 없게 되자 공주는 평생 자유롭게 지낼 수 있다고 생각하며 만족해했다.

그러던 와중에 어느 날 형제 세 명이 결혼 조건을 충족시키기 위해 나타났다. 그림 형제의 동화에서 3이라는 숫자가 많이 나타난다. 3은 독일 동화에서 전형적으로 나타나는 게르만적 숫자로 간주되고, 마적인 힘이 있는 것으로 여겨진다. 형제가 세 명이 나타날 경우, 일반적으로 막내가 주인공으로 등장하게 된다. 이 동화에서도 마찬가지이다. 큰 형이 석회굴에 숨게 되자, 공주는 첫 번째 창문에서 벌써 그를 발견하고 목을 베게 했다. 둘째 형은 성 지하실에 숨었으나, 공주가 그 역시 첫 번째 창문에서 발견하고 목을 베게 했다. 그래서 성 앞 장대에 매달린 죽은 남성의 목은 99개가 되었다. 그런데 막내는 두 형들과 달리 세 번의 기회를 달라고 공주에게 부탁했다. 세 번째 시도에서 발각되면, 형들과 마찬가지 신세가 되겠다고 했다. 그런데 공주는 흔쾌히 막내의 부탁을 들어주었다. 그 이유는 막내가 잘생겼기 때문이다.

남성이 자신의 미모로 영향력을 가지는 경우는 극히 드물다. 여성의 경우는 그렇지 않다. 동화 「백설 공주」에서 백설 공주는 자신의 미모를 질투한 계모의 명령을 받은 사냥꾼에 의해 숲에서 죽임을 당할 상황에 처했다. 그런데 이때 백설 공주가 잘 생겼기 때문에 사냥꾼은 백설 공주를 살려 준다. 그리고 백설 공주가 일곱 난쟁이의 집에서 주인의 허락 없이 식탁에 차려진 음식과 음료에 손을 대고, 마침내 일곱 난쟁이의 침대를 어지럽혔다. 백설 공주가 피곤하여 일곱 난쟁이의 침대에 잠을 자고 있을 때, 일곱 난쟁이들이 일터에서 돌아와서 자신들의 집이 자신들이 떠날 때와 다른 상태에 있는 것을 알게 되어 화가 났다. 그런데 그 장본인인 백설 공주를 보고, 너무 잘 생긴 것에 화가 풀려, 백설 공주를 계속 자도록 내버려 두었다. 만약 백설 공주가 못생겼다면 아마도 일곱 난쟁이들은 백설 공주를 깨워 혼을 내었을 것이다. 백설 공주의 미모가 영향력을 가지는 세 번째 경우는 백설 공주가 죽고 나서이다. 일곱 난쟁이의 충고에도 불구하고 백설 공주는 계모의 사과를 받아먹고 죽게 되었다. 이 사과는 계모가 마법을 사용하여 교묘하게 독을 넣은 사과였다. 일곱 난쟁이들이 아름다운 백설 공주를 차마 차갑고 어두운 땅 속에 묻을 수 없어서 유리관을 만들어 그 속에 눕혀 높은 산에 놓아두었다. 그러던 어느 날 어떤 왕자가 지나가다 유리관 속에 누워 있는 백설 공주의 아름다움에 반하게 되었다. 왕자는 일곱 난쟁이들에게 원하는 모든 것을 줄 테니 백설 공주를 자기에게 달라고 부탁했다. 그러나 일곱 난쟁이들은 세상의 무엇을 자신들에게 준다 해도 백설 공주를 줄 수 없다고 했다. 결국 왕자가 백설 공주를 이 세상의 무엇보다도 사랑하고, 한시도 보지 않고는 살 수 없다고 하자, 일곱 난쟁이들은 왕자에게 백설 공주를 넘겨주었다. 왕자의 시종들이 백설 공주의 유리관을 산에서 내려오다, 시종 중의 한 명이 비틀하는 바람에 그 충격으로 백설 공주의 목에서 독이 든 사과 조각이 나오게 되자, 백설 공주는 다시 살아나게 되었다. 이처럼 여성에게 있어서 아름다움은 남성에게 영향을 끼쳐 행복한 결말을 맞게 한다. 남성의 경우, 남성의 아름다움이 동화 줄거리에서 중요한 역할을 하는 경우는 드물다.

　막내가 공주로부터 세 번의 기회를 얻기는 얻었지만, 어떻게 자신의 몸을 숨길 수 있을지에 대한 해결 방안을 갖고 있지 못했다. 그래서 총을 들고 사냥을 하러 나섰다. 까마귀 한 마리가 보이기에 막 총을 쏘려는데, 까마귀가 이렇게 외쳤다. "쏘지 마세요. 그러면 꼭 은혜를 갚겠어요." 막내는 총을 쏘지 않고 계속 걸어갔다. 어느 호수에 이르렀는데, 물고기 한 마리가 눈에 띄었다. 총을 쏘려고 하자, 물고기가 "쏘지 마세요. 그러면 꼭 은혜를 갚겠어요."라고 외쳤다. 막내는 총을 쏘지 않고 계속 걸어갔다. 다리를 절룩거리는 여우 한 마리가 나타나자 막내는 총을 쏘았다. 하지만 총알이 빗나갔다. 여우가 "발에 박힌 가시를 빼 주세요. 그리고 저를 놓아주시면 꼭 은혜를 갚겠어요."라고 말하자, 막내는 그렇게 했다. 다음 날도 막내는 어떻게 자신의 몸을 들키지 않고 숨길 수 있는지 묘안이 떠오르지 않자 숲으로 가서 까마귀에게 말했다. 까마귀의 목숨을 살려 주었으니, 자신의 몸을 숨길 수 있도록 도와달라고. 그러자 까마귀는 알을 두 조각으로 쪼개어 막내를 그 안에 들어가도록 하고 다시 닫고 난 후 그 위에 앉았다. 공주는 첫 번째 창문에서 시작하여, 두 번째 창문, 세 번째 창문, 네 번째 창문, 이렇게 열 번째 창문에서까지 막내를 찾으려 했으나 찾지 못하자 불안해지기 시작했다. 결국 열한 번째 창문에서 막내를 찾게 되었다. 다음날 막내가 호숫가에 가서 물고기에게 말했다. 자신이 물고기를 살려주었느니, 자신의 몸을 숨길 수 있도록 도와달라고. 물고기는 막내를 꿀꺽 삼키고 호수 바닥으로 내려갔다. 공주는 막내를 열두 번째 창문에서 발견했다. 막내에게는 이제 한 번의 기회밖에 남지 않았다. 막내는 여우에게 가서 자신이 여우를 살려주었느니, 자신의 몸을 숨길 수 있도록 도와달라고 말했다. 그러자 여우는 막내를 샘으로 데려갔다. 여우가 이 샘에 몸을 담갔다가 나오니, 동물 장사꾼으로 변했다. 막내도 이 샘에 몸을 담그니, 군소로 변했다.

우리는 동화가 환상적이다 라고 말한다. 동화가 환상적이라는 것은 우리가 살고 있는 현실과는 다르다는 뜻이다. 이 동화에서도 확인할 수 있듯이 샘이 환상적인 기능을 한다. 우리가 알고 있는 샘은 이 동화에서 묘사된 그런 샘이 아니다. 그러니까 동화는 환상적이라 할 수 있다. 그런데 동화에서 알아 두어야 할 원칙 같은 것이 있다. 동화에서는 현실 세계에서 발견할 수 없는 것은 없다. 말하자면 수없이 많은 등장인물과 사물들은 현실 세계에서도 발견할 수 있는 것들이다. 그런데 환상적이라는 느낌이 들게 만드는 것은 이런 등장인물과 사물들의 외형적인 모습이 아니다. 환상적인 것은 이런 등장인물과 사물들이 가지는 기능들이다. 이 동화에서 샘이 등장하면 우리는 현실 세계에서 기대할 수 있는 기능을 기대하게 된다. 그런데 이런 기대를 갖고 동화의 세계 속으로 들어간다면 우리는 완전히 실망할 것이다. 동화의 세계에서는 현실 세계에서 온 등장인물과 사물들의 속을 완전히 비우고 새로운 기능으로 채운다. 그러면 그 기능은 임의적이고, 우연적인 것인가? 그렇지 않다. 그 기능은 철저히 줄거리와 관련되어 주어진다. 줄거리와의 연관성 중에서 가장 중요한 것은 주인공과의 관계이다. 동화는 철저히 주인공 중심이다. 어떤 문학 형식 치고 주인공이 중요하지 않은 형식이 있을까? 하지만 동화는 줄거리가 일직선적이기 때문에 거의 대부분의 사건들에 주인공이 등장하고, 줄거리의 진행이 주인공 중심으로 전개된다. 말하자면 현실 세계에서 온 등장인물과 사물들에 부여되는 새로운 기능은 주인공의 행복한 결말에 필요한 것이다. 이 동화에서도 공주에게 들키지 않고 접근하려면 주인공인 막내가 변신될 필요가 있기 때문에, 이를 가능케 할 수 있는 장소로 샘이 선택된 것이다.

여우가 변신한 동물 장사꾼이 막내가 변신한 군소를 시내로 데리고 갔는데, 이 군소를 보기 위해 수많은 사람들이 몰려들었다. 이 구경꾼들 중에 공주가 있었다. 공주는 이 군소가 아주 마음에 들었기 때문에 많은 돈을 주고 샀다. 그런데 공주가 막내를 찾기 위해 첫 번째 창문부터 시작하여 열두 번째 창문까지 가보았지만 헛수고였다. 공주는 너무 화가 난 나머지 창문을 쾅 닫았다. 그러자 모든 창문들의 유리가 수천 조각으로 깨어졌고, 성 전체가 흔들렸다. 그런데 공주는 자신의 땋은 머릿속에서 군소를 발견하게 되었다. 결국 막내는 공주가 제시

한 결혼 조건을 충족시켰다. 막내는 샘으로 가서 몸을 담그니 다시 인간이 되었고, 동물 장사꾼은 여우가 되었다. 막내는 곧장 공주가 있는 성으로 갔다. 공주는 운명에 순응하고 막내를 기다리고 있었다. 결혼식이 열렸고, 막내가 그 왕국의 왕이자 주인이 되었다. 공주는 자신이 그렇게도 지키고 싶어 했던 자신의 자유와 지배력을 잃게 되었다. 공주는 남편인 막내가 자기보다 더 능력 있다고 생각하고 그를 존경했다.

이 동화를 보면, 그림 형제의 다른 동화와는 다른 공주를 접하게 된다. 통상 그림 형제의 동화에 등장하는 공주는 백설공주나 신데렐라처럼 수동적이고 자신을 내세우지 못하고, 핍박받는 존재이다. 그리고 동화가 끝날 무렵 이런 여성 존재를 구해주기 위해 남성이 등장하게 된다. 그런데 이 동화에 등장하는 공주는 일반적인 공주상과는 다르다. 공주는 왕국에 대한 지배권을 홀로 가지기 위해 결혼을 하려 하지 않는다. 이렇게 하기 위해서 공주는 청혼자들에게 현실적으로 해결하기 불가능한 과제를 제시한다. 공주는 자부심이 강하고 어떤 사람에게도 복종하려 하지 않는 지배자형이다. 이런 여성의 유형은 남성위주의 사회에서는 받아들여지기 힘들다.

일반적으로 주인공으로 등장하는 공주는 외모가 아름답다. 이는 공주의 내면의 세계도 아름답다는 것을 의미한다. 그림 형제의 동화에 일반적으로 적용되는 규칙이 있다. 이 규칙은 '외면이 내면을 반영한다'이다. 즉 외면이 아름다운 공주는 내면도 아름답다.

동화에서 아름다움의 묘사는 추상적이다. 말하자면, 어떤 구체적인 얼굴의 생김새나 모습을 묘사하면서 아름답다는 것을 표현하는 것이 아니라, 그냥 아름답다는 추상적인 표현을 사용한다. 백설 공주가 어떻게 아름다운가를 동화텍스트에 삽입된 삽화를 보면 알 수 있다.

위의 삽화는 계모인 여왕의 명령을 받고 사냥꾼이 백설 공주를 숲 속에 데려와 죽이려는 장면이다. 그리고 다음의 삽화는 진실만을 말하는 거울 앞에 서 있는 계모인 여왕의 모습이다.

위 두 개의 삽화에 묘사된 백설 공주와 계모인 여왕을 보면,
동화가 이야기하는 내용은 맞지 않는 것 같다. 계모인 여왕이

백설 공주보다 더 아름다운 것 같다. 그런데 미의 기준은 시대와 장소에 따라 다르며, 변화한다. 아마도 그림 형제의 동화가 출판된 당시의 미의 기준은 백설 공주에 적합했을 것이다. 동화가 세계문학으로서 시대와 장소에 구속되지 않고 유효성을 가지려면, 구체적이고 상세한 묘사를 자제해야 한다. 아름다움의 묘사에서처럼 추상적인 묘사방법을 사용함으로써 어느 시대나 어느 장소에서도 동화는 거부감 없이 받아들여질 수 있다. 동화는 단순하고 추상적인 표현법을 사용하여 인물을 묘사한다. 추상적인 표현으로 묘사되는 인물이 어떤 구체성을 갖느냐는 동화를 듣는 사람, 그 시대와 장소에서 유효한 기준에 달려 있다.

그런데 외면이 내면을 반영한다는 일반적인 규칙과는 다르게 이 동화에 등장하는 주인공인 공주는 거만하다는 부정적인 특징이 주어진다. 남성 위주의 사회에서 남성을 배우자로 '선택'하는 여성을 용납할 수 없었을 것이다. 남성 위주의 사회에서 여성에게 요구되는 미덕은 수동성과 겸손이고, 억압받는 수동적 여성상이 이상으로 간주되었다. 더욱이 공주는 권력뿐만 아니라 육체적 힘도 강한 것으로 묘사된다. 화가 나서 창문을 닫는데, 모든 유리창이 깨어지고, 성 전체가 흔들릴 정도다. 이런 유형의 여성상은 그림 형제에 등장하는 여성상과는 사뭇 배치된다. 이 동화에서 묘사된 여성상은 과거 모권 사회에서 활동했던 지배자와 같은 강한 여성에 대한 흔적이라고 할 수 있다. 이 동화처럼 강한 여성은 결국 남성에 의해 제압당하고, 남성을 존경하는 존재로 만들어진다. 모권 사회에서 강한 여성상은 남성 위주 사회에서 짓눌려 사라졌지만, 그 흔적이 동화 속에 남아 있다. 그렇기 때문에 기록으로 남아 있지 않은 과거의 사회질서에 대한 정보를 동화는 제공해 줄 수 있다.

그림 형제는 동화가 과거에 대한 기억 내지는 흔적을 담고 있다는 생각을 가졌다. 그림 형제는『아동과 가정을 위한 동화』에 수록된 동화들에 대한 주석들이 실린 제3권에서 이 같은 생각을 피력했다. 그림 형제는 인간들이 아주 먼 과거에 가졌던 믿음의 잔재들이 동화 속에 존재한다고 믿었다. 이러한 믿음의 잔재들은 풀과 꽃들로 뒤덮인 대지 위에 흩어져 있는 작은 보석 조각들과 같다고 했다. 이렇기 때문에 과거에 유효했던 믿음의 잔재들에 대한 의미는 상실되었다 한다. 그렇지만 그림 형제는 좀 더 예리한 눈으로 살펴보면 산재된 믿음의 잔재들에 대한 의미를 느낄 수 있다고 했다. 그림 형제의 견해에 따르면 과거에 번창했던 것에 대한 기억이 동화인 것이다.

동화가 과거에 대한 기억이라는 그림 형제의 견해를 뒷받침해 주는 것이 문화학적 동화 해석이다.

3. 계모의 질투심을 부른 백설 공주와 빌선이

문화 이해에 대한 새로운 지평을 열어준 영국의 인류학자 에드워드 버네트 타일러(Edward Burnett Tylor)의 문화 개념에 대한 정의를 살펴보고자 한다. 19세기 말 영국 식민지군과 함께 아프리카 식민지에 간 타일러는 그곳에서 유럽 사람들이 향유하고 있는 문화현상과 비슷한 문화현상을 발견하게 된다. 그는 이전의 문화개념과는 다르게 문화를 정의한다. 그에 따르면 문화는 지식, 종교, 예술, 도덕, 법률, 풍습뿐만 아니라 인간이 사회의 구성원으로서 습득한 모든 능력과 습관들이다. 인간이 사회를 구성하고 그 구성으로 살아가면서 습득한 모든 것을 문화로 간주하였다. 그 당시까지 소위 원시민족들에겐 문화가 없다고 했고, 우수한 민족이 문화를 만들어 보다 못한 민족에게 전파한다는 문화이론이 지배적이었다. 그의 견해에 따르면 모든 민족은 문화를 가지고 있는 것이다. 그리고 문화는 소위 원시문화권이든 고급문화권이든 발생할 수 있다는 것이다. 비슷한 조건과 상황이 주어지면 비슷한 문화현상이 발생할 수 있다는 것이다. 이러한 그의 문화발생이론을 다원발생설(Polygenese)라고 한다. 그의 이러한 문화이론은 당시 코페르니쿠스가 지동설을 주장한 것과 대등한 센세이션을 불러일으켰다. 결론적으로 당시 문화우월주의에 빠져 있던, 그래서 무자비하게 식민지 원주민들을 다룰 수 있었던 유럽 사회에 그 토대를 무너뜨렸다. 타일러의 견해에 따르면 문화에는 질적 차이가 없다는 것이다. 동화에 적용하면, 거리상으로 떨어져 있고, 서로 교류가 없는 민족 간에도 비슷한 동화가 발생할 수 있다는 것이다. 인류학에서는 인간이면 누구나 겪게 되는 기본경험들이 동화에 반영되어 있다고 한다. 동화에 과거 인간들이 겪었던 비슷한 기본경험들이 들어 있다. 이에 대한 예로 그림 형제의 「백설 공주」와 한국구비문학대계에 수록된 한국 동화 「계모와 전처 딸」을 들겠다.

「백설 공주」는 "옛날 옛적 한겨울이었어요."라고 시작한다. 동화는 전반적으로 극단적인 표현을 사용한다. 이 동화에서 사건이 일어난 시간을 이야기하면서 '한겨울'이라는 표현을 사용한다. 그냥 '추운 겨울이었어요.'라고 표현해도 될 텐데, '한겨울이었어요.'라고 사건의 발생 시간을 언급한다. 한겨울이니까 당연히 '눈송이가 깃털처럼 하늘에서 떨어졌어요.'라고 이야기한다. 동화는 극단적인 경향을 띤다. 겨울이면, 한겨울, 즉 가장 추운 겨울이어야 한다. 이때 여왕이 검은 흑단으로 만들어진 창틀이 있는 창가에 앉아 바느질을 했다. 여왕이 그렇게 바느질을 하면서 눈 내리는 것을 보다가 그만 바늘에 찔리게 된다. 그런데 피가 세 방울 떨어진다. 3이라는 숫자는 독일 동화에서 아주 전형적으로 자주 등장하는 숫자이다. 상식적으로 바늘에 손가락이 찔렸는데, 피가 세 방울이나 떨어졌을까? 하지만 동화는 규칙적인 숫자를 좋아하기 때문에 세 방울의 피가 눈 위에 떨어지게 된다. 하얀 눈 속에 빨간 핏방울이 아름답게 보여서 '눈처럼 하얗고, 피처럼 빨갛고, 창문틀의 나무처럼 검은 아이가 있었으면' 하고 혼자 생각했다. 여왕은 바로 딸을 하나 낳았는데, 소원한 것처럼 눈처럼 하얗고, 피처럼 빨갛고, 흑단처럼 검은 머리를 가진 딸이었다. 그 때문에 그 딸은 백설 공주라 불리게 되었어요. 그런데 그 딸이 태어나자마자, 여왕은 죽게 되었다. 이처럼 독일 동화에서는 심심치 않게 어머니가 자식을 출산하고 난 후 죽게 된다. 그런데 이상한 것은 왜 죽게 되었는지에 대한 설명이 없다. 그냥 죽었다고 이야기된다. 동화는 줄거리의 진행에 있어서 중요하지 않는 요소들은 — 우리의 상식으로는 이해되지 않을지라도 — 언급하지 않는다. 백설 공주의 어머니의 죽음으로 인해 결손 가정이 생기게 되고, 이를 보완하기 위해 아버지인 왕은 재혼을 하게 된다. 동화에서 이야기된 내용을 보면 아버지는 일 년 만에 새 부인을 맞이했다. 이로 인해 백설 공주는 또 다른 상황에 직면하게 되었다. 말하자면 백설 공주는 계모를 가지게 되는 것이다. 아버지가 일 년 만에 재혼을 했다고 해서 전처에 대한 사랑을 의심할 필요는 없을 것 같다. 백설 공주는 아직 어리지 않는가? 누가 백설 공주를 돌볼 것인가? 죽은 아내의 자리를 대신해 줄 수 있는 또 다른 여성이 필요했을 것이다. 백설 공주의 친어머니의 죽음은 또 다른 측면에서 흥미롭다. 그림 형제가 자신의 동화집의 초판을 출판하자 비난의 목소리를 들어야 했다. 그것들 중의 하나가 「백설 공주」와 관련이 있었다. 초판에는 백설 공주를 괴롭히는 인물이 계모가 아니라 친어머니였다. 그 당시의 도덕관념으로는 도저히 받아들일 수 없는 내용이었다. 그래서 어쩔 수 없이 그림 형제는 친어머니를 계모로 대체했다.

백설 공주의 새어머니는 아름다웠지만, 자존심이 강하고 거만해서, 어떤 사람이 자신보다 더 아름다운 것을 견디지 못했다. 그런데 그 여자는 경이로운 거울을 가지고 있었다. 그 여자가 거울 앞에 서서 거울을 보고

'거울아, 벽에 걸린 거울아,

누가 온 나라에서 제일 아름답지?'

라고 물으면, 거울은

'여왕님, 여왕님이 이 나라에서 가장 아름답습니다.'

라고 대답을 했다.

거울은 진실을 말한다는 것을 알았기 때문에, 여왕은 이런 대답을 들으면, 기분이 좋았다. 백설 공주는 점점 더 아름답게 되었다. 백설 공주가 일곱 살이 되었을 때, 여왕보다 더 아름다웠다. 여왕이 한번은

'거울아, 벽에 걸린 거울아,

누가 온 나라에서 제일 아름답지?'

라고 거울에게 물었을 때, 거울은

'여왕님, 여왕님이 여기서는 제일 아름답지만,

백설 공주는 여왕님보다 천 배나 더 아름답습니다.'
라고 대답했다.

  여왕은 이 말을 듣자, 질투심으로 가득 차게 되었다. 여왕은 백설 공주를 볼 때마다 심장이 몸속에서 뒤집히는 것 같았다. 질투심과 오만함이 마음속에 잡초처럼 점점 더 무성하게 자라서 밤낮으로 평온을 찾을 수 없었다. 그래서 여왕은 사냥꾼을 불러 '백설 공주를 숲속으로 데려가서, 더 이상 내 눈앞에 보이지 않도록 해라. 백설 공주를 죽여 나에게 그 증거로 허파와 간을 가져오라'라고 말했다. 그런데 여기서 의문이 든다. 여왕은 백설 공주를 죽인 증거로 왜 백설 공주의 허파와 간을 가져오게 했는가? 사냥꾼이 백설 공주를 실제로 죽였는지를 확인하고 싶으면, 백설 공주의 신체의 다른 부분을 가져오라고 해도 되었을 텐데 말이다. 사냥꾼이 허파와 간을 가져온다면, 그것이 백설 공주의 것인지 어떻게 알겠는가? 사냥꾼이 백설 공주의 허파와 간이라고 여왕에게 가져온 것을 여왕이 어떻게 하는가를 보면 그 의미를 알 수 있다.

  숲 속에서 사냥꾼이 사냥칼을 빼들고 백설 공주의 심장을 찌르려는 순간, 백설 공주는 울면서 살려달라고 애원했다. 백설 공주는 너무 아름다웠기 때문에, 사냥꾼은 백설 공주를 살려 보내 주었다. 사냥꾼은 어쩌자고 여왕의 명령을 어기고 백설 공주를 살려주는가? 어떻게 허파와 간을 여왕에게 갖다 줄 수 있을까? 동화는 독자로 하여금 오래 기다리도록 만들지 않는다. 백설 공주가 숲 속으로 사라지자마자, 사냥꾼이 허파와 간을 빼낼 동물을 찾을 필요도 없이, 기다렸다는 듯이 멧돼지 새끼 한 마리가 사냥꾼 쪽으로 뛰어왔다. 사냥꾼은 멧돼지 새끼를 찔러 죽이고, 허파와 간을 빼내어 여왕에게 가져갔다. 여왕은 이 허파와 간을 백설 공주의 것이라는 것을 의심하지 않고 요리사에게 요리하도록 하여 그것을 먹어치웠다. 여왕이 왜 이런 짓을 하는가? 여기에는 파르스 프로 토토(pars pro toto)라는 마법의 비밀이 숨어 있다. 이 마법의 비밀에 대해서는 이 책 후반부에서 설명하도록 한다. 여기서는 이에 대해 짧게 설명하도록 한다. 한마디로 말하자면 여왕은 가장 아름다운 백설 공주의 신체의 일부, 즉 허파와 간을 먹음으로써, 백설 공주의 아름다움을 자신이 취할 수 있다고 믿었다. 그렇기 때문에 백설 공주의 허파와 간을 먹는 비인간적인 행위를 여왕이 하게 되었다. 이런 여왕의 행위는 또 다른 한 편으로는 백설 공주와 여왕을 대립시키려는 의도에서 기술되었다고 볼 수 있다. 백설 공주는 주인공으로서 독자의 관심을 한 몸에 받는 선의 한 쪽 극을 담당하고, 여왕은 이런 백설 공주를 괴롭히고 죽이려고까지 하는 악역을 맡은 조연으로서 악의 한 쪽 극을 담당한다. 이 두 극을 명확히 하기 위해 악은 더 극단적으로 표현된다. 여왕이 백설 공주의 신체의 일부를 먹었다는 것은 여왕이 마녀의 특징을 갖고 있는 것으로 해석된다. 즉 여왕은 마녀인 것이다. 동화에서 마녀는 악을 구체화하는 존재로 등장한다.

불쌍한 백설 공주는 숲 속에 홀로 남겨지게 되자, 무섭기도 하고 어떻게 해야 할지도 몰랐다. 그래서 백설 공주는 무조건 달리고 달렸다. 도저히 더 이상 달릴 힘이 없게 되었을 때, 백설 공주는 작은 집 하나를 발견하게 되었다. 그 집 안에 있는 것은 모두 작았다. 하지만 말할 수 없을 정도로 아기자기하고 깨끗했다. 하얀 식탁보가 덮인 식탁이 있었는데, 그 위에는 일곱 개의 작은 접시와 일곱 개의 작은 숟가락, 일곱 개의 작은 나이프와 포크, 일곱 개의 작은 잔이 있었다. 일곱 개의 침대가 나란히 세워져 있었고, 눈처럼 하얀 침대보가 덮여 있었다. 백설 공주는 배도 고프고 목도 말랐기 때문에 작은 접시마다 있는 빵과 야채를 조금씩 먹었고, 작은 잔마다 한 방울씩 와인을 마셨다. 이 부분에서 백설 공주가 어떤 인간인가를 엿볼 수 있다. 백설 공주는 얼굴만 아름다운 것이 아니다. 이처럼 마음씨도 착하다. 백설 공주가 걸을 수 없을 정도로 숲속에서 걸었다면 얼마나 피곤하고, 또 얼마나 배가 고프고 목이 말랐을까? 그런데 백설 공주는 각각의 접시에서 음식을 조금씩 먹었고, 각각의 잔에서 조금씩의 와인을 마셨다. 이는 무엇을 의미하는가? 만약 한 접시의 음식을 다 먹었다면, 그 접시의 주인은 굶게 되는 것이다. 만약 한 잔의 와인을 다 마셨다면, 그 와인의 주인은 목마름을 견뎌야 했을 것이다. 그렇기 때문에 백설 공주는 모든 접시에서, 모든 잔에서 조금씩만 취했다. 백설 공주가 피곤을 느끼자, 작은 침대에 누워보았다. 그런데 크기가 맞지 않았다. 한 침대는 너무 길었고, 또 다른 침대는 너무 짧았다. 마침내 일곱 번째 침대가 딱 맞아서, 백설 공주는 누워서 잠이 들었다.

날이 아주 어두워졌을 때, 작은 집의 주인들이 왔다. 그들은 산속에서 광석을 깨는 일곱 명의 난쟁이들이었다. 동화에 등장하는 난쟁이는 인간세상에서처럼 정상적이지 않은 존재로 여겨지지 않는다. 난쟁이는 초자연적인 존재이다. 이들이 일곱 개의 등불에 불을 붙이자, 집안이 밝아졌다. 그들은 누군가가 집안에 들어 왔다는 것을 알아차리게 되었다. 모든 것이 그들이 집을 나갈 때와 달랐기 때문이다.

첫 번째 난쟁이가 '누가 내 작은 의자에 앉았지?'라고 말했다.

두 번째 난쟁이가 '누가 나의 작은 접시에 있는 음식을 먹었지?'라고 말했다.

세 번째 난쟁이가 '누가 나의 빵을 먹었지?'라고 말했다.

네 번째 난쟁이가 '누가 나의 야채를 먹었지?'라고 말했다.

다섯 번째 난쟁이가 '누가 나의 포크를 사용했지?'라고 말했다.

여섯 번째 난쟁이가 '누가 내 칼로 잘랐지?'라고 말했다.

일곱 번째 난쟁이가 '누가 나의 작은 잔으로 마셨지?'라고 말했다.

여기서 월트 디즈니사에서 만든 애니메이션과는 다른 점을 발견할 수 있다. 월트 디즈니사의 「백설 공주와 일곱 난쟁이」

에서는 일곱 난쟁이들이 자신들의 이름을 갖고 있다. 그리고 이름은 개별 난쟁이의 특성을 보여 준다. 물론 이 특성을 한눈에 알아볼 수 있도록 난쟁이의 외모가 만들어졌다.

동화에서는 일곱 난쟁이가 개별화되지 않고, 마치 복제된 인간과 같다. 난쟁이는 이름도 없고, 개별적인 특징도 갖고 있지 않다. 첫 번째 난쟁이가 주위를 둘러보다가 자기 침대에 움푹 들어간 자국을 보게 되었다. 다른 난쟁이들도 자신들의 침대에 누군가가 누운 흔적을 발견하게 되었다. 일곱 번째 난쟁이가 자기 침대를 보았을 때, 백설 공주가 누워서 잠을 자고 있는 것을 보게 되었다. 일곱 난쟁이들은 일곱 개의 등불을 들고 와서 백설 공주를 비추어 보았다. 그들은 잠자고 있는 백설 공주의 아름다움에 감탄하며 백설 공주를 깨우지 않고 계속 자도록 내버려 두었다. 이 부분에서 백설 공주의 아름다움이 어떠한지를 알 수 있다. 백설 공주는 초자연적인 존재가 감탄할 정도로 아름답다. 만약에 백설 공주가 아름답지 않았다면, 어떻게 되었을까? 두말할 나위도 없이 백설 공주는 일곱 난쟁이들한테 혼이 났을 것이다. 여기서 문제는 일곱 번째 침대의 주인은 어떻게 잠을 자느냐이다. 일곱 난쟁이들은 한 시간씩 돌아가며 잠을 잤다. 어느 누구하나도 불공평하게 대우 받지 않고, 평등한 삶을 누린다. 이러한 일곱 난쟁이의 행동은 이전에 백설 공주가 일곱 난쟁이의 집에서 보여준 행동과 유사하다.

아침이 되자 백설 공주는 잠에서 깨어났다. 백설 공주가 일곱 명의 난쟁이들을 보자 깜짝 놀랐다. 그런데 일곱 난쟁이들은 친절했다. 일곱 난쟁이들은 백설 공주의 이름을 물었고, 백설 공주는 그동안 있었던 계모와의 일에 대해 이야기를 했다. 일곱 난쟁이는 백설 공주가 집안 살림을 하고, 요리도 하고, 침대를 정리하고, 빨래를 하고, 바느질을 하고 뜨개질을 한다면, 자신들의 집에 머물러도 된다고 말했다. 그런데 여기서 이상한 것은 일곱 난쟁이들이 백설 공주의 신분을 알고 있었음에도 불구하고, 왜 이런 일을 백설 공주에게 시키려고 하느냐이다. 인류학적 연구에서는 이 부분이 여성의 통과의례와 관련이 있다고 한다. 가정주부가 되어야 하는 여성이 해야 할 일을 미리 배우게 한다는 것이다. 아침이면 난쟁이들은 산속으로 가서 광석과 금을 캤다. 저녁에 다시 집으로 오면, 식사가 준비되어 있었다. 이는 마치 부부의 생활과 다름없다.

여왕은 백설 공주의 허파와 간을 먹었다고 생각하고, 자신이 다시 가장 아름다운 여자라고 확신했다. 그래서 거울 앞으로 가서

'거울아, 벽에 걸린 거울아,

누가 온 나라에서 제일 아름답지?'

라고 말했다. 거울은

'여왕님, 여왕님이 여기서는 제일 아름답지만,

산 너머 일곱 난쟁이들 집에 있는 백설 공주는

여왕님보다 천 배나 더 아름답습니다.'
라고 대답했다.

　여왕은 거울은 거짓말을 하지 않는다는 것을 알았기 때문에
깜짝 놀랐다. 여왕은 사냥꾼이 자기를 속였고, 백설 공주가 아
직 살아 있다는 것을 알게 되었다. 그래서 그녀는 어떻게 하면
백설 공주를 죽일 수 있을까 고민했다. 왜냐하면 자기가 온 나
라에서 제일 아름답지 않으면 질투심으로 인해 평온을 찾을
수 없기 때문이다. 마침내 그녀는 분장을 하고, 늙은 방물장
수로 변장을 했다. 그녀는 이런 모습으로 일곱 개의 산을 넘어
일곱 난쟁이들 집으로 가서 '좋은 물건 팔아요!'라고 외쳤다.
백설 공주는 창문 밖으로 내다보았다. 방물장수가 화려한 비
단으로 엮어진 끈 하나를 꺼내 보여주었다. 백설 공주는 문을
열어 예쁜 끈을 샀다. 방물장수는 그 끈을 백설 공주에게 매어
주었다. 그런데 너무 세게 매는 바람에 백설 공주는 숨을 쉴
수 없었다. 그래서 백설 공주는 쓰러져 죽게 되었다. '너는 가
장 아름다운 여자였어.'라고 방물장수가 말을 하고 황급히 그
집을 떠났다.

　저녁때에 일곱 명의 난쟁이들이 백설 공주가 땅 위에 누워
있는 것을 보고 깜짝 놀랐다. 그들은 백설 공주가 끈으로 매어
져 있다는 것을 알게 되었다. 그래서 그들이 끈을 자르자, 백
설 공주는 다시 숨을 쉬기 시작했다. 집에 온 사악한 여왕이
거울 앞에 가서

  '거울아, 벽에 걸린 거울아,

  누가 온 나라에서 제일 아름답지?'

라고 물었다. 그때 거울은 여느 때와 마찬가지로

  '여왕님, 여왕님이 여기서는 제일 아름답지만,

  산 너머 일곱 난쟁이들 집에 있는 백설 공주는

  여왕님보다 천 배나 더 아름답습니다.'

라고 대답했다.

  백설 공주가 다시 살아났다는 것을 알게 되었기 때문에 여왕은 깜짝 놀랐다. 이번에는 여왕이 마녀의 비책으로 독이 묻은 빗을 만들었다. 그러고 나서 그녀는 늙은 여자의 모습으로 변장하여 일곱 개의 산을 넘어 일곱 난쟁이들의 집에 갔다. 백설 공주가 그 빗을 사자, 늙은 여자는 백설 공주의 머리를 빗어주었다. 늙은 여자가 빗을 머리에 꼽자마자 독이 퍼지게 되었고, 백설 공주는 의식이 없이 쓰러졌다. 사악한 여자는 그 집을 떠났다. 곧 저녁이 되어 일곱 명의 난쟁이들이 집으로 왔다. 그들이 백설 공주가 죽은 사람처럼 바닥에 누워 있는 것을 보자, 계모를 의심했다. 그들은 독이 묻은 빗을 발견하고, 빗을 빼내자마자 백설 공주는 다시 제정신을 차려서 무슨 일이 일어났는지에 대해 이야기했다. 여왕은 거울 앞으로 가서

  '거울아, 벽에 걸린 거울아,

  누가 온 나라에서 제일 아름답지?'

라고 말했다. 그때 거울은 전에처럼

'여왕님, 여왕님이 여기서는 제일 아름답지만,

산 너머 일곱 난쟁이들 집에 있는 백설 공주는

여왕님보다 천 배나 더 아름답습니다.'

라고 대답했다.

여왕은 거울이 그렇게 말하는 것을 듣게 되자, 화가 나서 온몸을 떨었다. 그녀는 아무도 들어오지 않는 감추어진 외진 방에 들어가서 독 사과를 만들었다. 겉으로 보기에는 사과가 빨갛고 하얀 것이 예뻤다. 그 사과를 보는 사람이면 누구나 먹고 싶은 생각이 드는 사과였다. 하지만 한 조각 먹은 사람은 죽어야 했다. 사과가 다 만들어지자 여왕은 얼굴에 화장을 하고 농부 부인으로 변장했다. 그런 모습으로 그녀는 일곱 개의 산을 넘어 일곱 명의 난쟁이 집으로 갔다. 농부 부인이 문을 두드리자, 백설 공주는 머리를 창문 밖으로 내밀고 '저는 아무도 들어오게 해서는 안돼요. 일곱 난쟁이들이 그렇게 하지 말라고 했어요.'라고 말했다. '괜찮다. 자, 하나 선물할게.'라고 말했다. '아뇨. 저는 어떤 것도 받아서는 안 됩니다.'라고 백설 공주가 말했다. 늙은 농부 부인은 사과를 두 조각으로 잘라 흰 조각을 먹었다. 백설 공주는 예쁜 사과가 먹고 싶어졌다. 농부 부인이 깨물어 먹는 것을 보자, 백설 공주는 더 이상 참아낼 수 없어 손을 내밀어서 빨간 조각을 받았다. 백설 공주가 그것을 입에 넣자마자 바닥에 쓰러졌다. 사과는 빨간 조각만이 독이 들어 있도록 만들어졌다. 여왕이 집에 와서 거울에게

'거울아, 벽에 걸린 거울아,

누가 온 나라에서 제일 아름답지?'

라고 물었을 때, 거울은 마침내

'여왕님, 여왕님이 이 나라에서 제일 아름답습니다.'

라고 대답했다.

그녀의 질투에 찬 마음은 이제 평온을 찾게 되었다.

저녁에 집에 온 난쟁이들은 백설 공주가 바닥에 누워 있는 것을 발견했다. 백설 공주는 더 이상 숨을 쉬지 않았다. 그들은 백설 공주를 들어올려, 독이 든 것이 있는지 찾기도 하고, 끈을 풀기도 하고, 머리를 빗기기도 하고, 물과 와인으로 씻기기도 했다. 하지만 모든 노력이 허사였다. 백설 공주는 죽었다. 난쟁이들은 백설 공주를 관대에 눕혀 놓고, 일곱 명 모두 그 옆에서 슬피 울었다. 그들은 삼 일 동안 울었다. 백설 공주는 살아 있는 사람처럼 생기 있게 보였고, 빨간 뺨이 예뻤기 때문에 땅에 묻으려 하지 않았다. 대신에 난쟁이들은 어느 방향에서도 볼 수 있도록 투명한 유리관을 만들어, 백설 공주를 유리관 속에 눕혀 놓고, 황금 글씨로 백설 공주의 이름을 그 위에 썼다. 그러고 나서 그들은 관을 산 위에 올려놓고, 한 명씩 번갈아 가며 유리관 옆을 지켰다. 동물들도 와서 백설 공주의 죽음을 슬퍼했다.

백설 공주는 오래 오래 동안 유리관 속에 누워 있었지만, 썩지 않고, 마치 잠자고 있는 것처럼 보였다. 그런데 숲속에 들어온 어떤 왕자가 하룻밤 묵기 위해 난쟁이들 집에 오게 되었다. 왕자는 산 위에 있는 유리관과 그 속에 누워 있는 백설 공주를 보게 되었다. 그리고 황금 글씨로 그 위에 쓰여 있는 것을 읽어보았다. 그때 그는 난쟁이들에게 유리관을 달라고 하고, 그 대가로 원하는 것을 주겠다고 말했다. 하지만 난쟁이들은 그럴 수 없다고 대답했다. 그러자 왕자는 유리관을 선물로 달라고 했고, 백설 공주를 보지 않고는 살 수가 없다고 말했다. 그러자 마음씨 착한 난쟁이들은 왕자를 동정하여 유리관을 그에게 주었다. 이 부분에서 숲 속에 살고 있는 난쟁이들의 세계가 어떤 세계인지를 알 수 있다. 난쟁이들의 세계에서는 인간들의 세계에서와는 달리 금전적 가치는 그리 중요하지 않다. 왕자가 백설 공주를 얻는 대가로 일곱 난쟁이들이 원하는 것을 주겠다는 것은 백설 공주를 금전적 가치로 환산한다는 것이다. 그런데 왕자가 선물로 백설 공주를 달라고 하자, 난쟁이들은 그렇게 한다. 선물이란 금전적 가치로 따질 수 없는 차원의 것이다. 선물이란 그것을 가지고 있는 사람이 어떤 가치를 부여하느냐에 따라 금전적 가치로 환산할 수 없는 엄청난 가치를 가지게 되는 것이다. 난쟁이들의 세계는 우리 인간들이 이상으로 여기는 가치가 실현되는 그런 세계이다. 왕자는 데리고 온 시종들로 하여금 유리관을 어깨에 얹어 내려오도록 했다. 그때 일이 벌어졌다. 시종들이 덤불에 걸려 넘어질 뻔했다. 그 충격으로 백설 공주가 깨물어 먹은 독이 든 사과 조각이 목에서 튀어나왔다. 곧 백설 공주는 눈을 뜨고, 유리관의 덮개를 들어 올리더니 일어났다. 이 부분은 월트 디즈니 애니메이션과 차이가 난다. 월트 디즈니 애니메이션에서 원본 그대로를 영상화 했다면 극적 효과가 떨어졌을 것이고, 또 낭만적 분위기가 없게 될 것이다. 월트 디즈니 애니메이션에서 잠자는 공주를 왕자가 키스를 하여 깨우는 장면은 「장미 공주」에 나오는 장면이다.

백설 공주는 다시 살아난 것이다. 왕자는 기쁨에 가득 차 '내가 세상의 무엇보다도 당신을 사랑하오. 나와 함께 나의 아버지의 성으로 갑시다. 그리고 나의 부인이 되어 주시오.'라고 말했다. 그때 백설 공주는 그를 사랑하게 되었고 그와 함께 갔다. 그들의 결혼식이 성대하고 화려하게 치러졌다.

왕자의 입장에서 보면 너무나 쉽게 배필을 얻은 것이다. 그런데 백설 공주의 입장에서 보면 왕자를 만나기 위해 고난의 길을 걸어 왔다. 죽음의 위험을 감수하기도 했다. 동화에서 왕자는 '화려한 제로'라고 불리는데, 그 이유가 바로 이것이다. 여성과 달리 남성은 자신의 배필을 만남에 있어서 어려움을 겪지 않고, 또 어려움을 극복하기 위해 어떤 능력도 보여주지 않는다.

결혼식에 백설 공주의 사악한 계모도 초대되었다. 계모는 불안해서 어찌할 바를 몰랐습니다. 그녀는 결혼식에 가려 하지 않았지만, 마음이 편하지 않아 가서 젊은 여왕을 보아야 했다. 그녀가 결혼식장에서 백설 공주를 알아보게 되었지만, 두렵고 무서워서 움직일 수 없이 서 있었다. 그런데 석탄불 속에서 벌겋게 달구어진 쇠 신발이 계모 앞에 놓여졌다. 계모는 이 신발을 신고 쓰러져 죽을 때까지 춤을 춰야 했다.

1984년 경상북도 선산 지역에서 수집된 「계모와 전처 딸」이라는 동화는 다음과 같다.

옛날 옛적에 동지섣달이었다. 한 엄마가 아기를 낳았다. 그런데 김장을 하면서 채를 썰다가 그만 손가락을 '비었다.'(베었다.) 동지섣달 눈이 하얗게 왔는데, 피가 하얀 눈 속에 떨어졌다. 그 모습이 너무 예뻐서 엄마는 아기 이름을 빌선이로 지었다.

그런데 얼마 있지 않아 엄마가 죽었다. 그리고 계모가 들어왔다. 빌선이가 크면서 점점 더 예뻐지게 되었다. 빌선이가 제일 예뻤다. 계모는 두 번째로 예뻤다. 그래서 계모는 어떻게 해서든지 빌선이를 죽이려고 애를 썼다. 계모는 빌선이로 하여금 동지섣달에 없는 것을 해오라고 했다. 그런데 빌선이는 깊은 골짜기에 가서 동지섣달에 없는 것을 해왔다.

계모는 또 빌선이를 죽일 궁리를 하다가 비상을 먹여 빌선이를 죽였다. 계모가 죽은 빌선이를 뒷산에 세워 놓았다. 어느 달밤에 어떤 선비가 놀러왔다가 죽은 빌선이를 보니 너무 예뻐서, 빌선이를 업고 막 달렸다. 달리다가 이 선비가 픽 엎어지게 되었는데, 그 충격으로 목에 걸려 있던 비상 덩어리가 탁 튕겨 나왔다. 그래서 빌선이는 다시 살아나게 되었다. 그런데 계모가 거울을 들여다보고,

'거울아, 거울아, 이 세계에서 누가 제일 잘 났노?'

라고 물으니까, 거울이

'누가 제일 잘 났나? 빌선이가 제일 잘 났지.'

라고 대답했다. 계모가

'죽은 빌선이가 어디 있을까?'

라고 묻자, 거울은

'죽기는 어디 죽어. 아무데 거기 있는데.'

라고 대답했다.

계모는 한 쪽에 비상을 넣은 빵을 가지고 빌선이가 있는 곳으로 갔다. 빌선이에게 '아가씨, 이것 좀 먹어 보지.'라고 말을 걸자, 빌선이는 '먹지 않습니다.'라고 말을 했다. 그러자 계모는 한 조각 뚝 나누어서 빌선이가 먹도록 했다. 빌선이는 쓰러져 죽게 되었다. 계모가 집에 와서 거울에게

'거울아, 거울아, 이 세계에서 누가 제일 잘 났노?'

라고 물으니까, 거울이

'누가 제일 잘 났나? 빌선이가 제일 잘 났지.'

라고 대답했다. 계모가

'죽은 빌선이가 어디 있을까?'

라고 묻자, 거울은

'아무데 꼬치나라 집에 거기 있는데, 죽기는 왜 죽어?'

라고 대답했다.

그래서 계모가 다시 빌선이에게 가보니, 빌선이가 살아 있었다. 계모는 브러찌를 가지고 빌선이가 있는 곳으로 가서 빌선이를 죽였다. 계모가 집에 와서 거울을 보고

'거울아, 거울아, 이 세계에서 누가 제일 잘 났노?'

라고 묻자, 거울은

'누가 제일 잘 났나? 빌선이가 제일 잘 났지.'

라고 대답했다. 그 말을 듣고 나서 계모는 '빌선이! 이 거울 말 듣다가 신세 망쳤다.'라고 말하며, 거울을 마당에서 깨뜨려 버렸다. 그러자 새 한 마리가 날아올라 가며 '예이, 요년! 빡빡 얽은 곰보가 돼서 죽어라.'라고 말하니까, 계모가 그 자리에서 죽게 되었다.

그림 형제의 동화 「백설 공주」와 한국구비문학대계에 수록된 「계모와 전처 딸」은 서로 다른 시간과 공간에서 전해져 내려오던 동화이다. 「계모와 전처 딸」은 과거 경상북도 선산군 고아면에서 전해오던 동화인데, 수집된 시기는 1984년이다. 공간적으로 동화의 전파는 불가능했고, 시간적으로도 멀리 떨어져 있다. 그런데도 이 두 동화는 유사하다. 먼저 주인공의 작명도 유사하다. 한겨울 눈 속에 떨어진 핏방울에 연유하여 주인공의 이름이 만들어졌다. 진실만을 이야기하는 거울이 등장

하는 것도 유사하다. 누가 가장 아름다운 여자인지를 말해 주는 것이 거울이다. 이 거울의 말로 인해 계모는 주인공을 미워하게 되고, 결국 주인공이 죽도록 만든다. 말하자면 여성 누구에게나 존재하는 미에 대한 질투심이 두 동화에서 작용한 것이다. 「백설 공주」에서는 원래 백설 공주의 미에 대해 질투하여 백설 공주를 죽이도록 만든 인물은 바로 친모였다. 「백설 공주」의 초판(1812)을 보면 다음과 같다.

　옛날 옛적 한겨울이었다. 눈송이가 깃털처럼 하늘에서 떨어졌다. 한 여왕이 검은 흑단으로 만들어진 창틀이 있는 창가에 앉아 바느질을 했다. 여왕이 그렇게 바느질을 하면서 눈이 내리는 것을 보다가 바늘에 찔리게 되었다. 세 방울의 피가 눈 속에 떨어졌다. 하얀 눈 속에 빨간 핏방울이 아름답게 보여서 '눈처럼 하얗고, 피처럼 빨갛고, 창문틀의 나무처럼 검은 아이가 있었으면' 하고 생각했다. 바로 그 후 여왕은 딸을 하나 낳았는데, 눈처럼 하얗고, 피처럼 빨갛고, 흑단처럼 검은 머리를 한 딸이었다. 그 때문에 그 딸은 백설 공주라 불리게 되었다.
　여왕은 온 나라에서 가장 아름다운 여자여서 자신의 아름다움에 대하여 자부심이 강하여 어떤 사람이 자신보다 더 아름다운 것을 견디지 못했다. 그 여자는 거울을 가지고 있었고, 매일 아침 그 앞으로 가서
　'거울아, 벽에 걸린 거울아,

누가 온 나라에서 제일 아름다운 여자이지?'

라고 물으면, 거울은

'여왕님, 여왕님이 이 나라에서 가장 아름다운 여자입니다.'

라고 언제나 대답했다.

그러면 여왕은 이 세상 어떤 사람도 자신보다 더 아름답지 않다는 것을 확실히 알게 되었다.

백설 공주가 자라서, 일곱 살이 되었을 때, 백설 공주는 아름다웠다. 여왕보다 훨씬 더 아름다웠다. 여왕이 다시

'거울아, 벽에 걸린 거울아,

누가 온 나라에서 제일 아름다운 여자이지?'

라고 거울에게 물었을 때, 거울은

'여왕님, 여왕님이 여기서는 제일 아름답지만,

백설 공주는 여왕님보다 천 배나 더 아름답습니다.'

라고 말했다.

여왕은 거울이 이렇게 말하는 것을 들었을 때, 질투심에 사로잡혀 창백해졌습니다. 이때부터 여왕은 백설 공주를 미워했다. 여왕은 백설 공주를 보면서 백설 공주 때문에 자기가 더 이상 이 세상에서 제일 아름다운 여자가 아니라는 것을 생각하면 심장이 몸속에서 뒤집히는 것 같았다. 질투심으로 인해 여왕은 평온을 찾을 수 없었다. 그래서 여왕은 한 사냥꾼을 불러 "백설 공주를 숲속의 멀고 한적한 곳으로 데려가서, 찔러 죽여라. 그리고 그 증거로 나에게 백설 공주의 허파와 간을 가

져오너라. 내가 그것을 소금으로 요리하여 먹을 것이다."라고 말했다. 사냥꾼은 백설 공주를 데리고 숲속으로 갔다.

「백설 공주」의 초판에서 분명히 확인할 수 있는 사실은 백설 공주의 미에 대하여 질투하고, 심지어 사냥꾼을 시켜 죽이도록 한 여왕이 계모가 아니라 친모라는 것이다. 그림 형제는 친모를 계모로 대체하여 동화를 수정하였다. 이는 그림 형제가 자신의 동화를 통하여 달성하고자 했던 목적을 숙고해 보면 이해가 간다. 그림 형제는 자신의 동화가 아동들에게 읽혀져 그들이 세상에서 첫 생각을 갖게 되는 데에 유용하게 이용되길 바랐고, 또 아동들에게 교훈과 재미를 주면서 가정 내에서 읽혀지기를 바랐다. 이 점을 고려해 보면「백설 공주」에서 친모가 친자식을 질투하여 죽이는 것은 원하는 목적을 달성하는 데에 방해될 것으로 생각했을 것이다. 여성의 미에 대한 질투는 여성이면 가질 수 있는 기본경험인 것이다.

이 두 동화를 또 다른 관점에서 해석할 수 있다. 계모와 전처 딸의 관계에서 이 동화를 이해할 수 있다. 두 동화 초반부에 친모가 출산을 하고 나서 얼마 있지 않아 죽게 된다. 의학이 발달하지 못하고, 위생 상태가 현재와 같지 않은 과거에는 출산으로 인한 산모의 사망이 흔한 일이었다. 태어난 자식의 양육과 가정 살림을 위해 남성은 자기 집에 여성이 필요했다. 그 해결책은 남성이 재혼을 하는 일이고, 그 결과 자식에게는 계모가 생기는 것이다. 계모와 전처 자식의 관계는 어느 집단에서나 경험할 수 있는 인간의 기본경험에 속한다. 그런데 왜 계모와 전처 자식이 갈등을 겪게 되고, 계모는 전처 자식을 죽이려고 하는가? 이에 대한 답을 그림 형제의 동화 「노간주나무」가 준다.

옛날 옛적이었다. 아마도 이천 년 정도 되었다. 부자가 한 명이 있었는데, 그에게는 온순하고 아름다운 부인이 있었다. 그들은 서로 아주 사랑했다. 그런데 아이가 없어서 아이를 간절히 바랐다. 부인은 밤낮으로 기도를 했다. 그렇지만 아이는 생기지 않았다. 그들의 집 앞에 마당이 있었는데, 거기에 노간주나무 한 그루가 서 있었다. 한번은 겨울에 그 나무 아래 부인이 서서 사과를 깎고 있었다. 그녀가 사과를 깎다가, 손가락을 베게 되었는데, 피가 눈 속에 떨어졌다. 부인이 '아'라고 말하고 아주 깊은 한숨을 쉬면서 떨어진 피를 바라보니, 아주 슬퍼졌다. '피처럼 빨갛고, 눈처럼 하얀 아이가 있었으면.' 그녀가 이 말을 하자, 기분이 아주 좋아졌다. 무슨 일이 생길 것만 같았다. 그러고 나서 그녀는 집으로 갔다. 한 달이 지났다. 눈이 사라졌다. 두 달이 지나자 모든 것이 푸르렀다. 세 달이 지나자 꽃들이 땅 속에서 피어 나왔다. 넉 달이 지나자 모든 나무들이 무성해졌고, 푸른 가지들은 서로 뒤엉켜 자라났다. 새들이 숲이 떠나가도록 노래를 했다. 꽃들이 나무에서 떨어졌다. 그때 다섯 번째 달이 지나갔고, 부인은 여전히 노간주나무 아래 서 있었다. 노간주나무는 향이 좋았다. 부인의 심장이 기뻐서 뛰었으므로 그녀는 무릎을 꿇고서 어떻게 해야 할지 몰랐다. 여섯 번째 달이 지나자 열매들이 통통해지고 단단해졌고, 그녀는 마음이 아주 편안해졌다. 일곱 번째 달에 그녀는 노간주 열매를 따서 게걸스럽게 먹었다. 그런데 그녀는 슬퍼졌고 병이 들게 되었다. 여덟 번째 달이 지나자 그녀는 남편을 불러 울면서 '내가 죽게 되면, 나를 노간주나무 아래에 묻어주세요.'라고 말했다. 그러고 난 후 그녀는 마음이 안정되고, 즐거웠다. 아홉 번째 달이 지나자 그녀는 눈처럼 하얗고 피처럼 빨간 아이를 낳게 되었다. 그녀가 아이를 보자 기쁨을 주체하지 못하고 죽게 되었다.

그녀의 남편은 그녀를 노간주나무 아래에 묻고 나서 한참 동안 울었다. 눈물이 줄어들게 되자, 그는 울음을 멈추고, 새 부인을 얻었다.

남편은 둘째 부인과의 사이에서 딸을 한 명 낳았다. 첫째 부인의 아이는 아들이었다. 그 아들은 피처럼 빨갛고 눈처럼 하얗다. 둘째 부인은 딸을 볼 때면, 딸이 아주 사랑스러웠지만, 아들을 볼 때면, 가슴이 막혀왔다. 아들이 그녀에게 방해가 될 거라는 생각이 들었다. 둘째 부인은 어떻게 하면 자기 딸에게 모든 재산을 줄 수 있을까 항상 생각했다. 악마가 둘째 부인으로 하여금 아들을 미워하도록 만들었다. 둘째 부인은 아들을 이 구석에서 저 구석으로 떠밀기도 하고 여기서 주먹으로 때리고, 저기서 주먹으로 쳤다. 그래서 불쌍한 아들은 항상 불안 속에서 살았다. 아들이 학교에서 돌아오면 그가 있을 수 있는 조용한 곳은 없었다.

한번은 둘째 부인이 방으로 올라갈 때, 작은 딸도 따라 올라와서, "엄마, 사과 한 개 줘요."라고 말했다. 둘째 부인은 "그래, 애야."라고 말하고 궤짝에서 예쁜 사과 하나를 주었다. 그런데 궤짝은 크고 날카로운 쇠 자물쇠가 달린 크고 무거운 뚜껑을 가지고 있었다. 작은 딸은 "엄마, 오빠도 사과 하나 주면 안 돼?"라고 말했다. 둘째 부인은 이 말에 불쾌해져서, "오빠가 학교에서 오면 그렇게 하자."라고 말했다. 둘째 부인이 아들이 오는 것을 창밖으로 보았을 때, 악마가 그녀에게 들어온 것 같았다. 그녀는 자기 딸이 갖고 있던 사과를 다시 뺏고서, "오빠보다 먼저 먹어서는 안 돼."라고 말했다. 그러고 나서 그녀는 사과를 궤짝 속에 던져 넣고, 궤짝을 닫아버렸다. 그때 아들이 문 안으로 들어왔다. 악마는 둘째 부인이 "아들아, 사과 하나 먹을래?"라고 친절하게 말하도록 시켰다. 둘째 부인은 돌변하여 노한 눈초리로 아들을 보았다. 아들은 "엄마, 왜 그렇게 무서워 보여요. 예, 사과 하나 주세요."라고 말했다. 그때 그녀는 그를 잘 설득해야 할 것 같았다. 그녀는 "같이 가자."라고 말하고서 뚜껑을 열었다. 그리고 "사과 하나 꺼내라!"라고 말했다. 아들이 몸을 안으로 구부렸을 때, 악마가 그녀에게 '쾅, 뚜

껍을 닫아라.'라고 종용했다. 그리고 나서 아들의 머리가 날아가 빨간 사과들 속에 떨어졌다. 그때 불안감이 그녀에게 엄습해 와서 그녀는 "내가 한 것이 아니라고 할 수 없을까."라고 생각했다. 그녀는 자기 방으로 가서 서랍장의 가장 위쪽 서랍에서 하얀 천을 꺼냈다. 그리고 아무도 알아차리지 못하도록 아들의 머리를 목 위에 다시 올려놓은 다음 그 천으로 감아서 그 아들을 방문 앞 의자에 앉혀 놓고 손에 사과 하나를 쥐어 주었다.

동화에서 자주 등장하는 계모와 전처 자식 간의 갈등의 원인이 무엇인지를 「노간주나무」에서 확인할 수 있다. 이 동화에서는 그 원인을 직접적으로 언급하고 있다. 그 원인은 다름이 아니라 자기 친자식에게 남편의 재산을 물려주려고 하는 계모의 의도 때문이다. 남편의 재산을 친자식에게 물려주려는 계모의 욕심은 더 나아가 자신의 노후를 보장받으려는 의도도 함께 포함하고 있다. 자기 친자식에게 안정된 미래를 보장하는 것이 바로 계모의 입장에서는 자신의 미래도 함께 보장하는 것이다. 특히 장자상속법에 의해 맏아들만 재산 상속권을 갖는 경우, 계모의 자식은 가난하게 될 수밖에 없다. 그래서 계모는 자기 친자식뿐만 아니라 자기 자신의 미래에 대해 불안을 느끼면서, 전처의 자식을 방해물로 여겨 제거하려고 노력한다. 「노간주나무」에서처럼 계모는 잔인하게 전처의 아들을 제거한다.

동화에서 계모와 전처 자식의 갈등은 상속문제에서 생겼다고 볼 수 있다. 계모는 자신이 나이가 들어 노후를 보장받고, 안정적인 삶을 유지하려면, 남편의 재산을 물려받아야 하는데, 전처의 자식이 있으면 자신이 재산을 물려받을 확률이 희박하기 때문이다. 그렇기 때문에 전처는 어떤 방법과 수단을 써서라도 전처의 자식을 제거하려 한다. 계모가 전처 자식과의 관계에서 자신만의 이익을 취하기 위해 이처럼 적극적으로 전처 자식을 직접 제거하러 나서거나, 아니면 전처의 자식이 더 이상 남편의 집에서 살지 못하도록 만들어 떠나도록 한다. 동화 「오누이」를 보면, 오누이는 자신들의 어머니가 죽고 난 후, 자신들의 삶이 상상할 수 없을 정도로 어려워졌다는 것을 뼈저리게 느낀다. 계모는 오누이를 매일 때리고, 발로 차면서 학대한다. 오누이는 집에서 키우는 개를 더 부러워할 정도로 개보다 못한 신세가 되었다. 결국 오누이는 집을 떠나기로 결심하게 된다.

동화에서 묘사되는 계모와 전처 자식과의 관계는 옛날 옛적에 의학이 발달하지 못한 상황에서 어쩔 수 없이 나타나는 관계이다. 동화에서 묘사되는 어머니의 죽음은 출산과 관련이 있다. 「노간주나무」에서 보면, 어머니는 오랫동안 자식이 없어, 자식에 대한 간절한 소망을 갖고 있었다. 그런데 그렇게도 애타게 기다리던 아이를 낳자마자 죽게 된다. 「노간주나무」에서는 "그녀가 아이를 보자 기쁨을 주체하지 못하고 죽게 되었다."라고 묘사된다. 이러한 상황은 의학이 발달하지 못한 과거에 출산과 관련하여 산모의 죽음이 드물지 않았다는 것을 말해 준다.

남자의 입장에서는 가정살림과 어린 자식의 양육을 위해 이를 맡아 줄 여성이 집안에 필요했다. 그래서 동화에 묘사된 내용을 보면, 남자는 대부분 부인이 죽고 난 후 얼마 지나지 않아 다시 두 번째 부인을 맞게 된다. 「숲 속의 세 난쟁이」 동화에 부인을 여읜 한 홀아비와 남편을 여읜 한 과부가 등장한다. 각자 딸 한 명씩을 두고 있었다. 딸들은 서로 친했고, 과부는 딸들의 친분을 이용하여 홀아비의 딸에게 자신이 홀아비와 결혼하고 싶다는 의사를 전하면서, 홀아비의 딸에게서 환심을 사려고 애를 쓴다. 과부는 홀아비의 딸에게 이렇게 말한다. "너는 매일 아침 우유로 몸을 씻고 포도주를 마시도록 해줄게." 과부는 이런 노력을 통해 홀아비와 결혼하는 데 성공하자 자신의 본색을 드러낸다. 결혼 전에 홀아비의 딸에게 한 약속을 지키기는커녕, 계모는 전처의 딸을 상상할 수 없을 정도로 구박하고 학대한다. 산과 골짜기가 온통 눈으로 덮였고 온 세상이 꽁꽁 얼어붙은 겨울에 계모는 전처의 딸에게 종이로 만든 옷을 입으라고 주면서 딸기를 한 바구니 따오라고 명령하기도 하고, 또 솥에서 끓인 뜨거운 실타래를 전처의 딸의 어깨에 걸어주고는 꽁꽁 얼어붙은 강에 가서 얼음 구멍을 내고 나서 실타래를 흔들어 오라고 명령하기도 했다. 이런 학대를 받은 전처의 딸은 집을 떠나게 된다.

재혼은 남자만의 관심사가 아니다. 남편을 여읜 여자, 즉 과부의 입장에서 재혼은 한 남자의 보호 속으로 들어가는 것을 말한다. 여성의 활동이 제한된 가부장적 사회에서 여성이 혼자 살아가기란, 특히 어린 자식을 양육하면서 가정을 꾸려나가기란 쉬운 일이 아니었다. 재혼을 통해 한 남자와 결혼 생활을 한다는 것은 자신뿐만 아니라 자신의 친자식을 위해 안정적인 생활 기반을 가진다는 뜻이다. 전통적으로 이어온 가부장적 사회에서 남편이 없는 여성은 독립적인 존재로 인정을 받지 못하므로 남성이 여성을 대변해야 했다. 그래서 결혼 전에는 아버지가, 결혼 후에는 남편이 여자의 후견인이 되었다. 이런 점을 고려해 보면, 「숲 속의 세 난쟁이」에서 묘사되는 상황이 이해된다.

계모와 전처 자식의 관계는 의학이 발달하지 못한 과거에도 인간들이 겪을 수 있었던 기본경험이었을 뿐만 아니라, 현재에도 여러 가지 이유로 나타나게 되는 이혼으로 인해 인간들이 겪을 수 있는 기본경험인 것이다. 특히 「백설 공주」와 「계모와 전처 딸」과 같이 계모와 전처 딸의 관계를 이야기하는 동화는 인류학에서 말하는 인간의 기본경험의 관점에서 이해할 수 있다. 그 기본경험을 미에 대한 질투로 보든지, 아니면 계모와 전처 자식의 관계로 보든지 간에.

　'동화가 얼마나 오래 되었을까?'라는 물음에 대한 답을 이미 그림 형제는 알고 있었다고 본다. 그림 형제는『아동과 가정을 위한 동화』의 서문에서 이렇게 말을 했다. "저절로 만들어지는 생각들이 있듯이, 어느 곳에서나 똑같이 나타날 수 있을 정도로 단순하고 자연스러운 상황들이 있다. 그래서 아주 다른 나라에서 동일한 또는 아주 비슷한 동화가 서로 독립적으로 생길 수 있다."

동화를 사랑한 그림 형제

1. 그림 형제의 전리품 『아동과 가정을 위한 동화』

형 야콥 그림은 1785년에 태어났고, 동생 빌헬름 그림은 1786년에 태어났다. 둘은 연년생이다. 두 형제는 태어나서부터 함께 학교를 다니며 성장했다. 더욱이 그들은 성인이 되어서도 학술적 활동뿐만 아니라 사회활동에 있어서 형제의 관계를 넘어 학문의 동반자, 인생의 동반자였다고 해도 과언이 아니다. 그들의 삶이 이렇다 보니, 그들은 결혼에도 관심이 크게 없었던 것 같다. 1808년 그림 형제의 어머니가 돌아가시고 난 후, 집안일을 해 줄 여성이 필요했다. 오랫동안 여성의 도움 없이 생활을 하다 결국 동생 빌헬름 그림이 1825년 약사의 딸도로테아 빌트(Dorothea Wild)와 결혼하게 되었다.

그림 형제는 수집의 대가라고 볼 수 있다. 고대 독일 장인가를 수집하여 1811년 『고대 독일의 장인가에 대하여』를 발표하였고, 고대 덴마크 영웅시, 발라드, 동화를 수집하여 1811년 『고대 덴마크 영웅시, 발라드, 동화』를 발표하였고, 8세기 독일 시를 수집하여 1812년 『가장 오래된 8세기 독일 시 두 편 : 힐데브란트와 하두브란트에 대한 시와 바이센브룬너 기도』를 발표하였고, 고대 스코틀랜드 시를 수집하여, 1813년 『고대 스코틀랜드 시 세 편』을 발표했으며, 독일에서 전래되어오던 동화를 수집하여 1812/15년에 『아동과 가정을 위한 동화』를 출판했으며, 1815년 『옛 에다의 노래』를 발표했으며, 독일 전설을 수집하여 1816년 『독일 전설』을 발표했으며, 1819/22/31년에 『독일어 문법』을 발표했으며, 1828년에 『루네 문자 문학에 대하여』와 『독일 법제사자료』를 발표했으며, 1829년 『독일 영웅전설』, 1835년 『독일 신화』와 『타치투스의 게르마니아』를 출판했으며, 슈멜러 A. Schmeller와 함께 1838년 『10/11세기 라틴어 시』를 출판했다.

이처럼 그림 형제는 장인가, 영웅시, 동화, 신화, 전설 등 문학 작품만을 수집한 것이 아니라 언어, 법률까지도 수집했다. 그런데 그림 형제의 관심은 과거에 대한 것이었다. 그래서 그림 형제는 과거에 만들어졌고 누려졌던 독일인들의 흔적들을 수집하였다. 과거에 대한 관심은 그들의 대학 생활에서 시작

되었다고 볼 수 있다. 그림 형제의 아버지인 필립 빌헬름 그림이 궁정재판소의 변호사여서인지, 두 형제는 독일 마르부르크 대학교에서 법학을 공부했다. 야콥 그림은 1802년에, 빌헬름 그림은 1803년에 법학 공부를 시작했다. 이 대학교에서 그들은 운명적 만남을 갖게 된다. 그것은 바로 그 대학교 교수인 자비니와의 만남이었다. 동생 빌헬름 그림은 마르부르크에 남아 법학 공부를 끝내게 되지만, 형 야콥 그림은 법학 공부를 끝내지 않고 1805년 자비니 교수와 함께 프랑스 파리로 가게 된다. 자비니 교수를 통해 그림 형제는 과거 독일인들이 남긴 문헌들뿐만 아니라 중세 독일인들의 정신적·문화적 삶에 대하여 관심을 가지게 되었다. 과거 독일인들의 정신적·문화적 세계와 삶에 대한 관심을 실천적으로 표현한 방법이 과거 독일인들이 가졌던 언어와 문학을 수집하여 출판하는 일이었다. 그중에서도 그림 형제는 동화에 대하여 특별한 관심을 가졌다. 그림 형제의 관심은 낭만주의자 클레멘스 브렌타노(Clemens Brentano)와의 일화에서 확인할 수 있다. 그림 형제는 이탈리아인 바질레(Giambattista Basile)가 발간한 동화집인 『모든 동화들의 동화 또는 어린이를 위한 오락(Lo cunto de li cunti uouero lo trattenemiento de' peccerille)』을 읽고 싶어 했다. 그런데 이 동화책을 클레멘스 브렌타노가 갖고 있었는데, 어떤 이유에서인지 클레멘스 브렌타노는 그림 형제에게 이 동화책을 빌려주지 않았다. 그림 형제가 동화에 대해 관심을 가지면서 이탈리아에

서는 어떤 동화가 수집되었는지, 이탈이아 동화는 어떤 동화
인지를 알고 싶었을지도 모른다. 클레멘스 브렌타노에서 빌려
보지 못한 이 동화책을 결국 그림 형제가 어디에선가 구입하
였는데, 이 동화책을 읽고 감동에 빠져들었다. 이 동화책에서
이야기되는 내용이 독일에서도 아직 이야기되고 있다고 하면
서, 그림 형제는 이 동화책에는 경이롭고 아름다운 것들로 가
득 차 있다고 극찬을 했다. 당대를 대표하던 낭만주의자 클레
멘스 브렌타노와의 관계가 동화책 한 권으로 서먹해진 것을
보건대, 그림 형제가 동화에 대해 얼마나 애절한 사랑을 가졌
는가를 알 수가 있다.

그림 형제가 동화에 대한 자신들의 관심을 실천으로 옮기도
록 한 사람이 다름 아닌 바로 클레멘스 브렌타노였다. 그와 불
화가 있기 전에 일이다. 클레멘스 브렌타노와 아힘 폰 아르님
(Achim von Arnim)은 구전되는 민요를 수집하여 『소년의 마적
(Des Knaben Wunderhorn)』(1805)이라는 작품을 출간했다. 클레멘
스 브렌타노는 이 작품의 후속작품으로 동화를 수록한 작품을
출간할 계획을 갖고 있었는데, 이 계획의 일환으로 그림 형제
가 일반 민중 속으로 들어가 직접 동화를 수집하게 되었다. 그
림 형제는 자신이 수집한 동화를 클레멘스 브렌타노에게 전해
주었는데, 이 동화가 브렌타노의 작품에 실리지 못하게 되었
다. 아마도 둘 사이에 있었던 불화 때문이 아닐까 추측하게 된
다. 그림 형제가 수집하여 브렌타노에게 준 동화가 54편이었

는데, 브렌타노의 계획이 무산되고 난 후 사라진 것으로 간주되었다. 그런데 이 동화들이 프랑스 엘사스에 위치한 욀렌베르크(Ölenberg) 수도원에 소장되어 있었다는 사실이 1927년에 확인되었다. 이 동화를 욀렌베르크 필사본이라 부른다. 그림 형제는 자신들이 수집한 동화들을 1812년과 1815년에 『아동과 가정을 위한 동화』라는 제목으로 동화집을 출판했다. 1857년까지 이 동화집은 총 7판에 걸쳐 출판되었다. 그 당시의 출판 상황을 생각하면 이 동화집이 독일인들에게 얼마나 많은 사랑을 받았는지를 가늠할 수 있다.

2. 동화가 말하지 않는 진실

그림 형제는 자신들에게 이야기해준 사람들의 동화 텍스트를 변형시키지 않고 그대로 기록하려고 했다. 그들의 이 같은 의도 이면에는 동화가 독일 민족의 정신을 보존하고 있다는 믿음이 있었다. 그림 형제가 이러한 믿음을 갖게 된 것은 당시의 정치적·문화적 상황과 무관하지가 않다. 프랑스와의 정치적·문화적 관계에서 설명할 수 있다.

프랑스의 나폴레옹은 대혁명을 일으키고 난 후 자신의 군대와 함께 독일로 침공해 들어왔다. 나폴레옹은 프랑스 군대의 진군을 젊은 나이에 몸소 보게 되었고, 독일은 프랑스 침공으로 인한 피해를 입게 되었다. 프랑스 군이 독일로 침공해 들어 옴으로써 수많은 피난민들이 발생했을 뿐만 아니라 결국 독일 제국이 1806년에 망하게 된다. 이후 프랑스를 상대로 하는 전 쟁을 치르면서 독일인들은 애국심을 가지게 되었다.

프랑스가 독일에 끼친 영향은 정치적·군사적 측면에서뿐 만 아니라 문화적인 측면에서도 지대했다. 1800년을 전후한 독일 상류사회의 문화를 보면 프랑스의 영향을 알 수 있다. 독일 상류사회에서는 프랑스 상류사회의 생활방식을 따라 했 고, 특히 문제가 된 것은 자식들을 상류사회의 구성원으로 만 들기 위해 벌써 어린 시절부터 프랑스식 교육을 받도록 했다 는 것이다. 독일의 귀족이나 부유한 시민계급은 자식의 교육 을 위해 프랑스 가정교사를 채용했다. 프랑스 가정교사가 독 일 상류사회의 자식들을 교육했다. 이와 비슷한 경향은 오늘 날에도 확인할 수 있다. 몇 년 전 중앙일보에 다음과 같은 기 사가 났다.

미국 뉴욕의 상류사회에 중국인 보모나 가정부를 두는 것 이 최신 유행으로 떠오르고 있다.

대만 일간 연합보는 6일 최근 뉴욕 상류사회에서 영국, 프 랑스 출신의 보모를 밀어내고 중국인 여성들이 훨씬 높은 급 여를 받으면서 그 자리를 차지하고 있다고 보도했다.

중국어와 영어를 유창하게 구사하고 유아 양육 경험 등 자격요건을 갖춘 베이징(北京)이나 상하이(上海) 출신의 가정부는 합당한 추천서가 있을 경우 10만 달러 상당의 연봉을 받을 수 있는 것으로 알려졌다. 유럽 가정부는 연봉이 6만 달러 수준이었다.

상당수의 미국인들이 늦어도 2040년께에는 정치와 경제 분야에서 중국이 미국을 따라잡을 것이라고 예상하면서 자녀들이 어려서부터 중국어에 익숙한 환경을 만들기 위해 중국인 보모를 두고 있다고 신문은 전했다.

미국 상류층에 가정부를 제공해주는 인력 용역회사인 파빌리언 매니지먼트사는 현재 상류층 가정으로부터 10여 건의 중국인 가정부 채용 신청을 받아놓고 있다고 말했다.

이 회사 그리 호스 사장은 '여러 가정에서 중국인 보모를 요청해와 적절한 자격을 갖춘 중국인 여성을 구하기 위해 급히 서두르고 있는 중'이라고 말했다.(홍콩=연합뉴스)

— 중앙일보 인터넷판, 2006년 1월 6일자

당시 시대 상황 속에서 그림 형제는 독일 민족정신의 뿌리를 찾으려 했으며, 이 와중에 동화를 통해서 독일 민족정신을 발견할 수 있다고 생각했다. 그런데 그림 형제는 동화 속에 구체적으로 무엇이 독일 정신인지에 대한 답을 하지 않았다. 하지만 그림 형제의 발언들을 통해 볼 때, 독일 동화를 읽는 사람은 스스로가 독일 정신을 찾을 수 있다고 믿은 것 같다. 『아동과 가정을 위한 동화』에 대한 주석이 실린 제3권에서 그림 형제가 한 말에서 이를 확인할 수 있다.

초자연적인 것들을 비유적으로 파악함으로써 표현되는, 가장 오래된 시대로 거슬러 올라가는 믿음의 잔재들이 모든 동화들에 공통적으로 존재한다. 신화적인 것은 풀과 꽃들로 뒤덮인 대지 위에 산재해 있는 깨어진 보석의 작은 조각들과도 같다. 이런 조각들은 보다 더 날카롭게 보는 눈에 의해서만 발견된다. 그에 대한 의미는 이미 상실되었지만, 아직 느껴진다.

독일 정신을 비롯하여 독일 사람들이 과거에 가졌던 보물이 현재의 상황으로 인해 대지 위에 흩어져 풀과 꽃들로 뒤덮인 상태로 있다. 이렇게 숨겨져 있는 보물은 날카로운 눈을 통해서만 발견할 수 있고, 발견하게 되면 그 의미를 느낄 수 있다는 것이다.

그림 형제의 동화 속에 숨겨진 비밀

1. 크리스마스트리에 왜 불을 밝힐까?
—「대부로 삼은 저승사자」

옛날 옛적에 한 가난한 남자가 있었는데, 자식들이 열두 명이나 되었다. 자식들에게 먹을 것을 마련해 주기 위해 이 남자는 밤낮 없이 일을 해야 했다. 이런 상황 속에서 열세 번째 자식이 태어나자, 이 남자는 자신의 어려운 상황을 벗어날 방도를 몰랐다. 자식에게 대부를 찾아주려고 무작정 큰길로 뛰쳐나갔다. 가난한 집안의 아이에게 누가 대부가 되겠다고 나서는 사람이 있겠는가? 그는 큰길에서 만나는 사람에게 대부가 되어달라고 요청할 셈이었다. 그가 처음으로 만난 사람은 하느님이었다. 하느님은 그의 마음을 알고 이렇게 말했다.

"불쌍한 사람아. 내가 대부가 되어주겠네. 그리고 아이를 보살펴주고, 아이를 행복하게 만들어주겠네."

그 남자가 하느님에게 물었다.

"당신은 누구세요?"

"나는 하느님이다."

그 남자는 하느님을 자식의 대부로 삼으려 하지 않았다. 이유인즉슨 '하느님은 부자에게는 주는 것이 있고, 가난한 사람에게는 배고프게 내버려 둔다'는 것이었다. 이 동화는 어느 정도 사회 비판적인 내용을 담고 있다. 통상적으로 그림 형제의 동화에는 왕과 왕비, 왕자와 공주가 등장하기도 하지만, 또 상당히 많은 동화들에서는 주인공의 경제적 상황이 이처럼 좋지 않다. 남자는 빈부의 격차에 대한 책임을 하느님에게 돌리고 있다. 기독교 국가에서 이러한 비판적 견해는 묵인되기 쉽지 않다. 그래서 이 동화의 구연자는 '그 남자는 하느님이 얼마나 현명하게 부와 가난을 분배하는지를 모르기 때문에 그런 말을 했다.'라고 남자의 비판적 견해가 잘못되었다고 수정을 했다.

남자는 하느님에게 등을 돌리고 계속 걸어가다 또 누군가를 만나게 되었다. 바로 악마였다.

"자네는 무엇을 찾고 있나? 자네가 나를 대부로 삼는다면, 나는 자네의 자식에게 황금을 넘칠 정도로 줄 것이며, 세상의 모든 즐거움도 안겨다 줄 것일세."

아델베르트 폰 샤미소(Adelbert von Chamisso)의 『페터 슐레밀의 기이한 이야기(Peter Schlemihls wundersame Geschichte)』에서 주인공 페터 슐레밀과 악마와의 계약을 생각해 보면, 악마의 이 제안은 가난한 남자의 입장에서는 아주 솔깃한 유혹이 될 수도 있다. 페터 슐레밀은 경제적 부를 얻으려고 노력을 하지만, 뜻대로 되지 않은 상황에서 마침 악마의 제안을 받게 된다. 그 제안은 주인공 페터 슐레밀의 그림자와 부를 교환하자는 것이었다.

가난한 페터 슐레밀에게는 이 제안이 자신의 욕구를 충족시켜줄 수 있는 절호의 기회였다. 그래서 주인공 페터 슐레밀은 그 제안을 받아들이게 된다. 그런데 이 동화에서 남자는 페터 슐레밀과는 다른 결정을 내린다. 말하자면 남자는 도덕적 판단을 근거로 다음과 같은 말을 하면서 제안을 거절한다.

"당신은 사람들을 속이고 나쁜 길로 빠뜨립니다."

남자는 계속 길을 걸어가다가 또 다른 존재를 만나게 되었다. 바로 저승사자였다. 그 남자가 물었다.

"당신 누구요?"

"나는 모두를 공평하게 대하는 저승사자이다."

그 남자는 저승사자를 자기 자식의 대부로 결정했다. 이유는 저승사자는 저승사자가 말했듯이 모든 사람을 공평하게 대한다는 것이다. 저승사자는 부자나 가난한 사람을 구별하지 않는다는 것이다. 그래서 저승사자가 대부가 되었다.

그 남자의 자식은 사내 아이였는데, 그가 나이가 들게 되자, 저승사자가 그를 숲으로 데려갔다. 그곳에서 저승사자는 약초 하나를 선물로 주면서 말했다.

"내가 너를 유명한 의사로 만들어주겠다. 네가 환자에게 불려 가면, 나도 따라가겠다. 내가 환자의 머리 쪽에 서면, 너는 그 환자를 치료할 수 있다고 말해도 된다. 그 환자에게 이 약초를 주어라. 그러면 그 환자는 낫게 될 것이다. 만약 내가 환자의 발치에 서게 되면, 그 환자는 나의 것이니, 어떤 의사도 그를 치료할 수 없다고 말해야 한다. 이 약초를 나의 의사에 위배되게 사용하지 않도록 조심해라. 그렇게 하지 않을 경우 좋지 않은 일이 생길 것이다."

대부란 친부모처럼 아이를 보살펴준다. 생일날이라든지 입학식 등 아이에게 중요한 일이 있을 때마다 선물을 준다. 그런데 이 동화에서 저승사자의 선물은 동화의 주인공인 아이에게는 최대의 선물인 것이다. 이 아이는 어떤 사람도 대부가 되겠다고 나서지 않는 가난한 집안에서 태어났으니 말이다. 아이는 의사가 되고, 더욱이 삶과 죽음을 결정하는 저승사자의 도움을 받으며 의사 생활을 할 수 있으니, 이보다 더 좋은 기회는 이 세상 어떤 의사에게도 없을 것이다. 의사는 이 세상에서 가장 유명한 의사가 되었다. 그는 저승사자의 도움을 받기 때문에 환자를 진료하고 치료하기 위해 많은 시간과 노력을 필요로 하지 않았다. 환자를 그냥 보기만 하고, 저승사자가 어느 위치에 서 있는가를 보기만 하면 되었다. 의사에 대한 소문은 방방곳곳으로 퍼져나갔고, 환자들이 몰려들었다. 치료에 대한 대가로 환자들이 많은 금화를 지불했기 때문에 의사는 금방 부자가 되었다. 그러던 와중에 왕이 병이 들게 되어, 의사가 왕에게 불려갔다. 그런데 가보니 저승사자가 왕의 발치에 서 있었다. 만약에 의사가 왕의 병을 고칠 수 있다면, 얼마나 커다란 영광이겠는가? 그래서 의사는 왕의 위치를 바꾸어 놓고, 약초를 주었고, 왕은 다시 건강하게 되었다. 저승사자는 의사가 자신을 속인 것에 대해 화를 내면서 다시 한 번 이런 일이 일어나면, 의사를 데려가겠다고 경고를 했다.

그런 일이 있은 지 얼마 있지 않아 왕의 공주가 병이 들게 되었다. 이 공주는 왕에게는 무남독녀였다. 왕은 밤낮으로 울어 눈이 멀 지경이 되었다. 그래서 왕은 공주의 병을 고치는 사람에게 공주를 줄 것이며 왕위도 계승하겠다고 포고를 했다. 의사의 입장에서는 왕의 이런 제안은 거부할 수 없는 것이었다. 공주의 병만 고칠 수 있다면, 아름다운 공주를 얻을 수 있을 뿐만 아니라 왕이 될 수 있는 기회가 그를 기다리고 있었기 때문이다. 그림 형제의 동화에서 공주는 말을 하지 않아도 가장 아름다운 여인이며, 이상적인 여인상이다. 그래서 공주와 결혼을 한다거나, 왕자와 결혼을 한다는 것은 동화 주인공이 누릴 수 있는 최대의 행복인 것이다. 동화 주인공이 줄거리의 진행 과정에서 수많은 사건에 관여하면서, 수많은 어려움을 겪고 결국에 왕자나 공주와 결혼을 한다는 것은 최고의 상을 받는 것이다. 그런데 의사가 병든 공주에게 갔을 때, 저승사자는 공주의 발치에 서 있었다. 의사는 공주의 아름다움에 빠지게 되었으며, 또 공주의 남편이 되어 왕이 된다는 행운에 도취되어 저승사자의 경고를 모두 잊게 되었다. 저승사자가 자신의 경고를 무시하지 말라고 화난 눈짓을 보내며, 손을 높이 들어 위협을 했으나, 의사는 공주의 위치를 바꾸었다. 그래서 저승사자가 공주의 머리 쪽에 있게 되어서, 공주에게 약초를 먹였다. 병든 공주는 다시 건강하게 되었다.

저승사자는 의사가 자신을 두 번이나 속인 것에 대해 화가 나서 그를 데리고 지하의 동굴로 갔다. 그런데 이 지하의 동굴에는 수천수만 개의 불들이 타고 있었다. 어떤 불은 크고, 어떤 불은 중간 정도의 크기이고, 또 어떤 불은 작았다. 불들이 매 순간 꺼지기도 하고, 다시 타오르기도 했다. 저승사자가 이렇게 말했다.

"봐라. 이것들이 인간들의 생명의 불이다. 큰 불은 아이들의 것이고, 중간 정도 크기의 불은 갓 결혼한 사람들의 것이고, 작은 것은 노인들의 것이다."

지상에서 살고 있는 인간들의 생명이 지하 동굴에 있는 불과 관련이 있다는 것이다. 인간들이 얼마의 생명을 갖고 있는가는 지하 동굴의 불에 의해 이미 결정되어 있다는 것이다. 그러니 의사는 자신의 생명의 불이 얼마나 큰지에 대해 궁금하게 되었다. 의사는 저승사자의 의사를 무시했을지라도 공주의 병을 고쳤기 때문에 그 대가로 공주와 결혼도 하고 왕위도 물려받게 되었다. 그의 앞날은 행복만 있었다. 의사는 자신의 미래를 생각하면서 자신의 생명의 불이 아주 크리라고 생각했다. 그런데 저승사자가 의사에게 보여준 생명의 불은 막 꺼져갈 정도로 작았다. 그래서 의사는 놀라지 않을 수 없었다. 그는 저승사자에게 이렇게 부탁했다.

"아, 대부님. 제가 아름다운 공주의 남편이 되고, 왕이 되어 저의 삶을 즐길 수 있도록 저에게 새로운 불을 붙여주십시오."

저승사자는 의사의 부탁에 이렇게 대답했다.

"나는 그렇게 할 수 없다. 새로운 불이 켜지기 전에 하나의 불이 꺼져야 한다."

저승사자는 의사의 행위에 대해 복수할 속셈으로 의사의 소원을 들어주는 것처럼 하다가 의사의 생명의 불을 떨어뜨려 꺼지게 했다. 곧 의사는 땅바닥에 쓰러져 저승사자의 손아귀에 들어가게 되었다.

이 동화에는 인간의 생명에 대한 믿음이 들어 있다. 이 동화는 인간의 생명이 생명의 불에 의해 정해져 있다는 점을 이야기해 준다. 인간의 생명을 보여주는 생명의 불은 그 크기가 인간의 생명의 길이를 나타내준다. 하나의 생명의 불은 다른 생명의 불에 일부를 넘겨주고 받을 수도 있다. 또 새로운 생명의 불이 켜지기 위해서는, 즉 새로운 생명이 탄생하기 위해서는 다른 생명의 불이 꺼져야 한다. 동화에 묘사된 생명과 관련된 이런 내용은 환상이나 공상의 산물이 아니다. 생명의 불에 대한 믿음은 독일의 산후조리와 관련된 풍습에서도 엿볼 수 있다. 산모가 출산을 하고 난 후 행동에 있어서 제약을 받게 된다. 출생한 아이가 세례를 받기 전까지 산모는 집에서 키우는 닭이 움직이는 범위를 넘어서 나가지 못했다. 그 이유는 산모의 생명의 불과 깊은 관계가 있다. 산모가 아이를 출산했다는 것은 산모 자신의 생명의 불을 아이에게 떼어준 것이다. 그러니 출산과 동시에 산모의 생명의 불의 크기는 작아지게 되어, 산모가 혹시나 집에서 멀리 나갔을 경우 나쁜 힘들에 의해 피해를 볼 수 있을지 모른다고 여겨졌다. 출산한 아이가 세례를 받을 때까지 산모의 생명의 불이 다시 원상태로 커지게 되면, 산모의 삶은 안정된다고 한다.

이러한 생명의 불에 대한 믿음은 이처럼 인간들의 행동에 영향을 준다. 이와 관련하여 고대 문화에서 발견할 수 있는 '왕 살해 의식'을 이해할 수 있다. 이 의식은 마지막 빙하기에 일반적으로 행해졌다. 고대 스웨덴에서는 왕이 9년 동안 지배하고 난 후 이 왕을 살해하는 의식을 거행했다. 왕을 살해하는 의식이 거행되는 주기는 다르나, 이러한 의식은 폴리네시아, 아프리카 등에서 발견이 된다. 이 의식의 배경에는 현재의 왕을 살해함으로써 그가 갖고 있던 생명의 불이 후임 왕에게 전해지고, 후임 왕은 더 많은 힘을 갖고 통치를 할 수 있다는 민음이 있다.

이러한 믿음에 근거한 풍습이 아프리카 짐바브웨공화국에서 발견된 암각화에서도 발견된다.

이 암각화의 제일 아래쪽에 한 여성이 누워 있고, 이 여성의 위에 나무 한 그루가 서 있다. 이 나무 위로 여러 개의 직선이 그어져 있고, 그 직선의 끝에 또 다른 여성이 아래를 내려다보고 있다. 이 직선에서 점선들이 지상을 향하고 있다. 직선은 번개로 해석되며, 점선은 번개를 동반한 비로 해석이 된다. 짐바브웨공화국의 이 암각화는 과거 가뭄이 오래 지속되어 부족 전체가 어려움에 처하게 되었을 때 거행되던 '공주희생 의식'을 담고 있다. 공주를 죽여 매장하면, 이 공주의 육체로부터 나무가 자라고, 이 나무가 하늘에 닿게 되어 하늘에서 비가 내린다는 믿음을 갖고 있었다. 공주의 희생 의식도 공주한 사람의 죽음을 통해 부족 전체의 어려움을 해결하려던 풍습이었다. 공주의 생명의 불을 꺼지게 하여, 다른 많은 사람들의 생명의 불을 살아나게 한다는 의미가 있었다.

생명의 불에 대한 믿음은 현재까지 지속되고 있다고 말할 수 있다. 물론 다른 형태로 존재한다. 그것은 바로 크리스마스트리에 장식되는 촛불이다. 우리는 크리스마스라는 말을 들으면, 크리스마스트리를 연상하게 된다. 그리고 크리스마스트리는 여러 장식들로 치장된다. 특히 전등들이 크리스마스트리의 가치를 더 높여준다. 그러나 전등이 상용화되기 전에는 촛불로 크리스마스트리를 장식했다. 어떻게 보면, 이런 풍습은 아주 위험하다. 자연에서 자라는 어린 전나무를 베어 와서 집안에 크리스마스트리를 만들면, 이 전나무는 수분을 잃게 된다. 마른 전나무에 촛불을 장식하면, 화재가 날 위험이 높다. 그럼에도 불구하고 크리스마스트리에 촛불을 장식한다.

크리스마스트리 없는 크리스마스는 생각할 수 없다. 크리스마스트리는 크리스마스의 상징인 셈이다. 크리스마스 축제 그리고 이와 결부된 어린이들의 기쁨의 중심에는 촛불로 장식된 크리스마스트리가 있다. 그런데 이 풍습은 그리 오래된 것이 아니다. 크리스마스트리에 쓰이는 나무는 주로 전나무이다. 전나무를 집 안으로 들여오는 풍습은 1494년에 처음으로 확인된다. 어린 전나무가 숲에서 더 자라야 하는데, 이를 베어 크리스마스 축제기간에만 사용하고 버리기 때문에 이 풍습은 자연 친화적이지는 않다. 하지만 사람들이 이런 풍습을 만든 데에는 이유가 있다. 크리스마스 축제가 치러지는 시기는 절기상 동지 부근이므로, 연중 낮이 가장 짧고, 밤이 가장 긴 겨울이다. 하루 중 어둠이 더 많은 비중을 차지하는 시기에 전나무와 같이 일 년 내내 푸름을 간직하고 있는 나무를 집안으로 가져온다는 것은 자연에 있는 푸름, 즉 자연의 생명력을 집안으로 가져온다는 의미를 갖고 있다. 이 생명력으로 인해 집안에 살고 있는 사람들이 더 건강해질 수 있다는 믿음이 있었다. 그런데 크리스마스트리를 촛불로 장식하는 전통은 100여 년 후에 생겼다. 크리스마스트리가 크리스마스 축제의 중심에서 의미를 가지기 시작한 시기는 19세기이다. 19세기에 크리스마스 축제가 가족 내에서 행해지는 축제로 자리를 잡으면서 크리스마스트리에 촛불을 장식하는 풍습도 보편화되었다.

크리스마스트리에 장식되는 촛불은 두 가지 측면에서 해석될 수 있다. 첫째는 크리스마스 축제의 기원과 관련된 측면이고, 둘째는 위에서 다루었던 생명의 불과 관련된 측면이다.

크리스마스 축제의 기원과 관련하여 크리스마스의 독일어적 표현인 Weihnachten에서 출발하고자 한다. 크리스마스는 독일어로 Weihnachten이라고 하는데, 이 단어는 weihen이라는 동사와 Nacht라는 명사가 합쳐진 합성어이다. Weihen이라는 동사의 뜻은 '신성하게 하다', '축성하다'의 뜻이고, Nacht는 밤이라는 뜻이다. 그럼 Weihnachten이라는 단어는 '신성하게 하는 밤', '축성하는 밤'이라는 뜻이다. 크리스마스가 독일어로 Weihnachten이라 불리는 연유는 게르만족의 전통이었던 동지 축제와 깊은 관련이 있다. 게르만족은 12월 25일에서 26일 넘어가는 밤에서부터 시작하여 1월 5일에서 6일 넘어가는 밤까지의 기간을 특별한 의미가 있는 것으로 생각했다. 이 기간은 모두 열두 밤인데, 이 밤을 '거친 밤'이라고 불렀다. 이 명칭이 말해 주듯이, 이 기간은 인간들에게 위험한 것으로 간주되었다. 인간을 위험에 빠뜨리는 어둠의 세력들이 왕성한 활동을

펼치기 때문에 게르만족은 이 시기에 가능한 한 활동을 자제
하였다. 특히 이 기간에는 빨래도 야외에 널지 않았다. 혹시라
도 보단신이 자신의 군대와 함께 돌아다니다가 빨래를 발견하
면 걷어가기 때문이다. 그렇게 되면, 빨래의 주인은 보단신의
희생물이 된다. 이처럼 게르만족은 12일의 거친 밤 동안 어둠
의 세력으로부터 해를 입을 수 있다는 불안감을 가지고 있었
으므로, 이 시기를 무사히 넘기기 위해 동지축제를 거행하게
되었다. 동지축제 기간 동안 게르만족의 승려들은 악이 인간
에게 해를 끼치지 않도록 축성을 하였다. 그들이 이 시기를 잘
넘기면, 빛이 어둠에게 승리를 하게 되고, 그렇게 되면 낮이
밤보다 더 길어진다고 믿었다. 동지축제의 의미는 빛이 어둠
을 이기기를 바라는 게르만족의 마음에 있다. 그 당시는 아직
자연과학이 발달하지 않은 상태여서, 지금의 과학적 지식으로
는 게르만족의 풍습은 원시적일 수도 있다. 동지축제가 시작
되는 시기는 절기상으로 동지 근방이기 때문에, 동지 이후에
는 낮이 점점 더 길어지는 것은 자연적 현상인데, 이를 게르만
족은 자신들이 축제를 잘 지냈기 때문에 빛이 어둠을 누르고
승리하였다고 해석했다. 이 축제의 의미가 빛이 승리하기를
기원하는 마음에서 열렸다는 사실을 그 당시의 풍습을 보면
알 수 있다. 풍습 중의 하나가 모닥불을 피워놓고 뛰어넘는다
든지, 집에서 기르던 가축들이 불을 가로질러 넘게 한다든지,
횃불을 들고 농경지나 외양간 등을 돌아다니는 것이었다. 밤

이 가장 긴 동지에 태양의 힘이 가장 약하다고 생각했기 때문에 불과 관련된 풍습을 행함으로써 태양의 힘이 더 강해진다고 믿었다. 불과 관련된 풍습은 영국의 풍습에서도 확인할 수 있다. 영국에는 율로그(Yule log), 율클로그(Yule clog), 크리스마스 블록(Christmas-block)이라고 불리는 나무토막을 태우는 풍습이 있었다.

불과 빛이 악마와 재앙으로부터 인간을 보호해 줄 수 있다는 믿음이 기독교화된 유럽에서도 그대로 유지되고 있고, 또 이것이 크리스마스트리 장식에도 영향을 미치게 되었다. 크리스마스트리에 장식되는 촛불도 이런 맥락에서 이해된다. 게르만족이 거친 밤이라고 부른 시기에 빛과 관련된 신들을 섬기는 축제가 다른 지역에서도 확인이 된다. 고대 페르시아에서는 태양신 미트라(Mithra)의 탄생을, 이집트에서는 호루스(Horus)의 탄생을 기념하여 축제를 벌였다. 로마에서도 황제 아우렐리안(Aurelian)은 지지 않는 태양이라는 뜻을 가진 "sol invictus"라는 태양신의 탄생일을 12월 25일로 정하고 축제를 거행하도록 했다.

독일어 Weihnachten은 과거 게르만족들이 거친 밤에 행했던 풍습을 그대로 반영한 명칭이다. 거친 밤이 1월 6일 끝나듯이, 크리스마스 축제도 1월 6일에 끝난다. 더욱이 크리스마스가 12월 25일이 된 데에는 불과 빛과 관련된 게르만족의 풍습과 무관하지 않다.

　　교부들이 1월 6일의 축제를 12월 25일로 변경한 [⋯] 이유
는 이렇다. 12월 25일에 태양의 탄생을 기념하여 축제를 벌이
고, 그 축제를 표시내기 위해 등불을 밝히는 것은 이교도들의
관습이었다. 이 의식과 축제에 기독교인들도 참여했다. 그래
서 교회의 박사들이 기독교인들이 이 축제를 좋아한다는 사
실을 알게 되었을 때, 회의를 열어, 진정한 예수 탄생일을 그
날에 기념하고 공현절을 1월 6일에 기념하기로 결정했다. 그
래서 이 관습과 함께 1월 6일까지 등불을 밝히는 풍습이 유행
하게 되었다.

— James George Frazer : The Golden Bough

　　대립교황 히폴리투스 Hippolytus는 217년경에 태양신의 탄생
을 축하하며 기념하던 12월 25일에 예수 탄생을 기념하는 축
제를 거행하려 했다. 그 이면에는 게르만족의 동지축제의 전
통을 없애려는 노력이 숨어 있었다. 철학자이자 주교인 아우
구스티누스(Augustinus)는 엄숙한 날인 12월 25일을 이교도들처
럼 태양을 위해 경축하지 말고, 태양을 만든 이를 위해 경축하
도록 기독교도들에게 권고했다. 12월 25일을 예수의 탄생일로
정하는 것과 게르만족의 동지축제의 전통 사이에는 공통점이
있다. 게르만족의 동지축제도 빛과 관련된 축제였고, 예수도
요한복음 8장 2절에 "세상의 빛"으로 묘사되고 있다. 크리스마
스트리에 장식되는 촛불에는 동화에서 살펴본 생명의 불의 의
미가 담겨 있다. 생명의 상징으로서의 빛의 의미가 크리스마

스트리의 촛불로 옮겨져서 현재까지도 생명의 불에 대한 믿음이 전해지고 있다.

2. 크리스마스 선물은 왜 산타클로스가 줄까?
— 「난쟁이 요정들」

「난쟁이 요정들」이라는 동화에 한 구두장이가 있었는데, 이 구두장이는 자신의 잘못이 아니지만 가난해졌다. 마침내 그에게는 구두 한 켤레를 만들 수 있는 가죽만이 남게 되었다. 그는 다음 날 아침에 구두를 만들려고 저녁에 가죽을 재단해 놓았다. 구두장이가 다음 날 아침 구두를 만들려고 작업대에 앉았는데, 구두 한 켤레가 벌써 만들어져 있었다. 구두장이는 할 말을 잃을 정도로 놀랐다. 구두장이는 구두를 손에 들고 찬찬히 살펴보았다. 이 구두는 완벽하게 만들어진 훌륭한 작품과 같았다. 그래서 어떤 사람이 나타나 많은 돈을 주고 이 구두를 사갔다. 구두장이는 이 돈으로 두 켤레의 구두를 만들 수 있는 가죽을 살 수 있었다. 그는 다음 날 아침에 구두를 만들 생각으로 저녁에 가죽을 재단해 놓았다. 그런데 이번에도 마찬가지로 멋있는 구두가 만들어져 있었다. 이 구두를 마음에 들어한 사람들이 와서 많은 돈을 주고 사갔다. 그래서 구두장이는 이번에 네 켤레의 구두를 만들 수 있는 가죽을 살 수 있었다.

이와 같은 일이 계속 반복되었다. 구두장이가 저녁에 가죽을 재단해 놓으면, 그 다음날 아침에 멋있는 구두가 만들어져 있었다. 그래서 얼마 가지 않아 구두장이는 부자가 되었다.

크리스마스가 얼마 남지 않은 어느 날 구두장이는 부인과 함께 누가 자신들에게 이런 도움을 주는지 자지 않고 지켜보기로 했다. 구두장이와 부인은 방구석의 옷가지들 뒤에 숨어서 누가 나타나는지 기다렸다. 자정이 되었을 때, 두 명의 귀여운 난쟁이들이 벌거벗은 채로 나타났다. 그리고는 곧장 작업대에 앉아 재단된 가죽을 가지고 구두를 만들기 시작했다. 그들은 능숙한 손놀림으로 잽싸게 구두를 만들었다. 이 광경을 지켜 본 구두장이는 놀라서 눈을 뗄 수가 없었다. 난쟁이들은 구두 만드는 일을 모두 마치고 재빨리 구두장이의 집을 떠나버렸다.

다음 날 아침 구두장이의 부인은 난쟁이들이 자신들을 부자로 만들어 주었으니 그들에게 감사의 표시를 해야겠다고 말했다. 구두장이 부부는 난쟁이들이 추운 날씨에 몸에 아무것도 걸치지 않고 돌아다니니 얼어 죽을지 모른다고 걱정하며, 부인은 감사의 표시로 셔츠, 재킷, 바지, 양말을 만들고, 구두장이는 구두를 만들었다. 구두장이 부부는 그날 저녁에는 이전처럼 재단한 가죽을 작업대 위에 놓지 않고, 자신들이 직접 만든 선물들을 올려놓았다. 자정이 되자 난쟁이들이 구두를 만들기 위해 작업대로 왔다. 그런데 그들이 재단된 가죽 대신에 선물들을 보게 되자 놀랐다. 하지만 그들은 작업대 위에 놓인 선물들을 입어보고 신어보았다. 그러고 나서 그들은 노래를 불렀다.

"우리는 말끔하고 멋있는 사나이가 되지 않았어?
무엇 때문에 구두장이 노릇을 하지?"

이 노래를 부르면서 난쟁이들은 구두장이의 집을 떠났다. 그 이후로 난쟁이들은 더 이상 구두장이의 집을 찾지 않았다. 그렇지만 구두장이는 유복하고 행복하게 살았다.

이 동화에는 두 세계의 존재들이 등장한다. 우리들이 살고 있는 세계의 구두장이 부부 그리고 초자연적 존재인 난쟁이들. 주인공인 구두장이는 현실적인 세계에서 생각하고 상상할 수 있는 존재이다. 구두장이는 구두를 만들어 판매해야 생계에 필요한 경제적인 수단을 가질 수 있다. 그런데 그는 이것을 가능하게 하는 구두의 재료도 충분히 갖고 있지 않다. 그러니 경제적 빈곤에서 벗어날 기회가 구두장이에게는 주어져 있지 않다. 이러한 상황에서 인간과는 완전히 다른 존재, 즉 초자연적 세계에 속하는 난쟁이가 등장한다. 그림 형제의 동화에는 난쟁이가 드물지 않게 등장하여 인간과 관계를 맺는다.

「난쟁이 요정들」 동화에서는 난쟁이들이 사는 곳이 언급되지 않지만, 그들이 사는 곳은 숲이다. 그림 형제의 동화에 대표적인 난쟁이는 「백설 공주」의 일곱 난쟁이이다. 백설 공주가 자신을 죽이려는 계모로부터 도망쳐 숲 속을 헤매고 있을 때 나타난 존재가 일곱 난쟁이들이다. 일곱 난쟁이들은 백설 공주를 계모로부터 보호를 해주었다. 하지만 백설 공주가 일곱 난쟁이들의 충고를 따르지 않아 계모로부터 살해된다. 일곱 난쟁이들이 죽은 백설 공주를 그대로 땅에 묻었다면, 백설 공주는 왕자를 만나지 못했을 것이다. 그런데 일곱 난쟁이들은 아름다운 백설 공주를 차마 차가운 땅 속에 묻을 수 없어, 투명한 유리관 속에 눕혀 산 위에 올려놓았다. 일곱 난쟁이들의 이러한 행동으로 인해 우연히 숲 속에 들어온 왕자가 유리관 속의 아름다운 백설 공주를 볼 수 있었고, 그래서 백설 공주를 죽음으로부터 깨어나게 할 수 있었다.

이처럼 난쟁이는 주인공인 인간에게 도움을 주는 존재이다. 난쟁이는 초자연적 세계에 속하는 존재로서 초자연적 능력을 가진 것으로 묘사된다. 「룸펠슈틸츠헨」 동화를 보면, 난쟁이의 초자연적 능력이 얼마나 큰지를 알 수 있다. 이 초자연적 능력은 인간과 관계를 하면서 주인공인 인간에게 도움을 준다. 방앗간 주인의 딸이 왕의 성에 불려가 방 한가득 쌓인 짚을 하룻밤 동안 모두 금으로 바꾸어 놓으라는 명령을 받게 된다. 그런데 방앗간 주인의 딸은 짚을 금으로 바꿀 수 있는 재능이나 기술을 갖고 있지 않다. 짚을 금으로 바꾸는 기술이야말로 인간이 추구해 온 일이다. 인간은 연금술 개발에 얼마나 많은 노력과 시간을 기울려 왔는가? 이 세상에서 금을 만들 수 있는 인간이 있었는가? 금을 만드는 기술은 현대 과학으로도 이루어내지 못한 불가능한 기술이다. 주인공인 방앗간 주인의 딸은 하룻밤 동안에 모든 짚을 금으로 바꾸어야 한다. 그런데 왕은 이 일을 수행하지 못하면, 죽음을 각오해야 한다고 말했다. 이런 상황에서 난쟁이가 등장한다. 그런데 난쟁이에게 있어서 이 일은 너무나 간단했다. 난쟁이는 물레를 세 번 돌리자 실패 하나가 금실로 다 감겼다. 이렇게 방 한가득 쌓인 짚을 하룻밤 사이에 모두 금으로 만들 수 있었다. 인간이 할 수 없는 일을 난쟁이는 너무나 쉽게 한다.

「난쟁이 요정들」에서도 난쟁이는 초자연적인 능력을 가지고 있다. 구두장이의 작업대 위에 얼마나 많은 가죽이 놓여 있든지 간에 난쟁이들은 하룻밤 동안 모두 구두를 만들 수 있다. 그것도 그냥 구두가 아니라 만들어 놓으면, 사람들이 서로 사려고 할 정도로 잘 만들어진 구두이다. 현실 세계에 사는 구두장이는 상상도 하지 못할 일이다. 난쟁이의 도움으로 구두장이는 가난에서 벗어나 부자가 되었다. 난쟁이가 준 도움에 대하여 감사의 표시로 구두장이가 난쟁이에게 선물을 주었다. 어려움에 빠진 인간이 초자연적인 존재로부터 도움을 받고, 또 이 도움을 받은 인간이 초자연적 존재에게 감사의 표시를 하는 것은 너무나 당연한, 그리고 도덕적으로도 문제가 없는 일이다. 도움을 주고, 이 도움에 답례하는 것으로 동화의 내용이 구성되어도 아무 문제 없을 것이다. 그런데 이 동화에서 난쟁이들이 구두장이로부터 답례, 즉 선물을 받고 구두장이의 집을 떠나 더 이상 찾지 않는다. 이것을 어떻게 이해해야 할까? 왜 난쟁이들은 선물을 받고 구두장이의 집을 떠난 걸까? 난쟁이들의 이런 행동을 해석하기 위해 과거 선물이 어떤 의미를 담고 있었는지를 한번 살펴보자.

선물의 본질적 의미는 선물을 주는 사람과 선물을 받는 사람 사이에 관계를 정립시켜준다는 것이다. 이 관계는 일방적인 것이 아니라 상호적인 것이다. 선물은 주는 사람과 받는 사람 사이에 상호성이 성립된다. 선물로 인해 발생하는 상호성은 법적인, 또는 관습법적인 효력을 갖게 된다. 예를 들면 약혼식에서 신랑과 신부가 선물을 주고받으면, 이 선물을 통해 신랑과 신부 사이에는 상호적 관계가 만들어진다. 신랑과 신부가 서로에게 약혼선물을 주는 것은 결혼을 전제로 결혼식까지 서로에게 정조를 지켜야 한다는 쌍무적 관계를 만들어 낸다. 또 다른 예로 선물을 통한 쌍무적 관계는 대부대자 관계에서도 발견할 수 있다. 세례를 받는 한 아이의 대부나 대모가 된다는 것은 1년 중 특정한 날에 그리고 아이의 일생에 있어서 중요한 시기에 선물을 해야 한다는 의미도 포함되어 있다. 아이가 세례를 받을 때, 크리스마스 때, 새해에, 부활절에, 학교 입학 때, 견진 성사 때, 결혼 때, 대부나 대모는 아이에게 선물을 한다. 이러한 선물을 받은 아이는 가족 행사에 대부나 대모를 초대하는 등, 반대급부를 행한다. 이처럼 선물을 주고

받는 행위는 주는 사람과 받는 사람 사이의 상호성에 기초한다. 선물을 주는 사람과 선물을 받는 사람은 선물을 통해 서로에 대한 권리와 의무 관계를 맺게 된다. 이러한 선물의 의미에는 '도 우트 데스(do ut des)'라는 원칙이 반영되어 있다. '도 우트 데스'라는 말은 라틴어로서 '네가 주도록 하기 위해 내가 준다'라는 뜻이다. 선물을 준다는 것은 급부와 반대급부를 전제로 한 쌍무적 계약인 것이다. 고대 북구의 『에다(Edda)』를 보면 "선물은 선물에 부합한다"라는 말을 발견할 수 있다. 이 말은 도 우트 데스의 원칙이 선물에 있어서 토대가 되었음을 말해주고 있다.

도 우트 데스의 원칙을 토대로 「난쟁이 요정들」에서 난쟁이들이 선물을 받고 떠난 행동을 설명해 보기로 한다. 먼저, 동화에 등장하는 구두장이와 난쟁이 요정들의 관계는 중세시대의 가정이라는 개념을 토대로 이해되어야 한다. 중세시대의 가정은 오늘날보다 더 포괄적인 의미를 가지고 있었다. 가정은 담으로 둘러싸여진 물리적 공간으로서 그 속에 살고 있는 구성원들을 보호해 주는 공간이다. 가정은 주거 공간일 뿐만 아니라, 그 안에서 함께 일을 하기도 하는 노동공간이면서, 축제를 벌이기도 하고, 서로 즐거움을 나누기도 하는 생활공간이기도 했다. 오늘날의 의미에서의 가정은 18세기 말경에서야 비로소 생각되어질 수 있었다. 중세 시대에 인간의 생활 질서를 유지하는 데에 있어서 중심적인 역할은 가정이 담당했다.

가정은 담을 통해 물리적으로 외부세계와 분리되었을 뿐만 아니라 외부로부터의 어떤 간섭과 공격으로부터 보호되어야 하는 공간이었다. 예를 들면, 누군가가 집 바깥에서 집 안으로 욕설을 하는 행위는 얼굴을 마주보며 하는 욕설보다 더 심각하게 받아들여졌다. 누군가가 골목이나 술집에서 자신을 때리는 것보다 자기 가정의 문이나 창을 때리는 것을 더 심각하게 받아들여 보복했다. 담으로 에워싸여진 가정의 평화가 중요하게 여겨졌으며, 가정의 평화를 위협하는 외부의 어떤 요소도 용납되지 않았다. 그런데 이러한 가정을 보호해야 하는 의무는 가장에게 있었다. 이는 가정의 질서가 가장의 지배를 받았다는 의미도 된다. 그런데 가장의 의무수행은 이웃과 국가 공권력에 의해 통제되었다. 그 이유는 당시 사회 질서를 유지하고 보장해 줄 수 있는 기구가 가정이었으므로, 이웃과 국가는 가정이 기능을 잘 하도록 통제할 필요성이 있었기 때문이다. 그런데 중세시대의 가정은 가장, 부인, 친자식으로만 구성된 생활공동체는 아니었다. 가장은 가정의 소유자일 뿐만 아니라 고용주였기 때문에, 한 지붕 아래에 살고 있으며 가장의 지배를 받는 모든 사람들이 가정의 구성원이었다. 그래서 중세시대에는 아직 가족이라는 개념을 사용할 수 없었다. 생활공동체로서의 가정에 속하는 사람들은 가장, 부인, 친자식뿐만 아니라 의붓자식, 혼외자식, 친척, 하인, 세입자, 조부모 등이었다. 이 모든 사람들이 가장의 권력 영향 하에 있었고, 가장이 만든 질서를 따라야 했다. 이는 지금과 달리 가정이 다양한 기능을 수행하는 장소였다는 것을 말한다. 가정과 소유물이 분리되고 하인이 가정에서 분리되어 나간 18세기 말경에야 비로소 오늘날 우리가 사용하는 가족이라는 개념이 등장했다.

중세시대의 가정 개념을 토대로 보면, 구두장이의 집은 구두장이 부부와 난쟁이 요정들의 주거공간이자 생활공간일 뿐만 아니라, 노동을 하는 직장이기도 하다. 그래서 구두장이는 가장이자 고용주이며, 난쟁이 요정들은 구두장이 가정의 구성원이면서, 구두장이에게 고용된 하인이다. 만약 하인이 선물을 받게 되면 도 우트 데스 원칙에 의거하여 선물을 준 가장(고용주)과 하인(피고용자) 사이에 쌍무적 관계가 발생한다. 말하자면 가장이 준 선물은 하인에게 있어서 해고를 의미한다. 동화에서 난쟁이 요정들이 크리스마스 때에 구두장이로부터 셔츠, 재킷, 바지, 양말, 구두를 선물로 받고나서, 도 우트 데스 원칙에 의거하여 구두장이의 집을 떠났다. 이는 난쟁이 요정들이 선물을 해고의 신호로 받아들였기 때문이다.

윗사람이 아랫사람에게 선물을 한다는 것은 해고한다는 의미를 담고 있다. 이는 부모와 자식 간에도 마찬가지였다. 왜냐하면 중세시대에서는 가정 공동체 내의 질서와 지위에 있어서 가장의 자식과 하인 사이에는 차이가 없었기 때문이다. 이러한 현상은 당시의 상속제도와의 연관성 속에서 이해할 수 있다. 독일 남부지역에서는 분할상속이 이루어졌었다. 분할상속은 가장의 재산이 자식들에게 공평하게 분배되는 상속 제도를 말하는데, 가장의 재산이 아무리 많더라고 몇 대를 내려가지 않으면, 자손들은 상속재산으로만 살아갈 수 없을 정도로 가난하여 하인으로 전락하는 경우들이 생겼다. 근대 초기만 하더라도 대다수 사람들은 농촌에 살았다. 인구의 70~80% 정도가 농촌에 살았으므로, 상속재산이란 토지를 말하는데, 경작할 수 있는 토지는 제한되어 있었다. 그런데 독일 북부지역에서 유효했던 단독상속법은 자식들 중에 한 명에게만 가장의 전 재산을 물려주도록 하는 상속법이었다. 이 상속법이 점점 자리를 잡게 되면서, 가장의 재산은 줄어들지 않게 되었다. 그런데 상속을 받지 못한 자식들은 약간의 보상을 받고 집을 떠나야 했다. 가정은 생활공동체이면서 노동공동체였기 때문에, 단독상속법이 적용되었던 곳에서 농가 상속인의 형제자매들은 일정의 보상을 받고 해고되어야 했다. 말하자면, 부모가 자식에게 주는 보상, 즉 선물은 해고를 의미했다. 자식 한 명만 가장의 부를 누릴 수 있었고, 상속을 받지 못한 나머지 자식들은 하인 신분으로 전락해야만 했기 때문에, 가정 내에서 가장의 자식과 하인은 그 지위나 활동에 있어서 차이가 없었다. 종종 가장의 자식과 하인들이 친척관계인 경우도 있었으며, 가장의 자식과 하인들은 함께 일하고 식사를 함께 했을 뿐만 아니라 침실도 함께 사용했다. 이처럼 중세시대의 가정 내에서 자식의 지위가 하인의 그것과 다르지 않았기 때문에, 하인에게 적용되었던 선물의 의미가 자식에게도 그대로 적용되었다.

크리스마스 선물 풍습도 선물의 이러한 의미에서 이해할 수 있다. 크리스마스 선물을 가져다주는 존재로 산타클로스가 널리 알려져 있다. 그런데 실제 크리스마스 선물을 구입하는 인물은 보통 부모이다. 크리스마스 선물을 직접 구입한 부모가 산타클로스라는 가공의 인물 뒤에 숨는 이유는 무엇일까? 오늘날 대부분의 사람들에게 인기가 있는 산타클로스는 19세기에서야 문헌상으로 증명할 수 있다. 그런데 선물을 함에 있어서 유독 크리스마스 때에 부모가 자식에게 선물을 하면서 이같은 대리인물을 내세우는데, 그 이유는 무엇일까? 그것도 사실적이고 현실적이지 않은, 동화적이고 환상적인 특징을 지닌 산타클로스를 내세우니 말이다. 크리스마스 선물을 주는 풍습도 「난쟁이 요정들」에서 묘사된 선물의 의미와 관련이 있다.

크리스마스 때 크리스마스트리를 장식하는 풍습이 널리 전파됨과 더불어 선물을 하는 풍습도 사람들 사이에 전통이 되었다. 왜냐하면 크리스마스 선물을 크리스마스트리에 매달아두거나 그 아래에 두었기 때문이다. 선물을 매어 달아놓은 크리스마스트리가 종교개혁 시기 수공업자 조합에서 처음으로 등장했다. 일반 가정에서 크리스마스 선물을 주는 행위는 하나의 제도가 되었다. 말하자면, 크리스마스에 선물을 주는 행위는 정해진 절차를 따른다. 가족이 교회에서 크리스마스 예배를 보고 나서 집에 돌아오면, 크리스마스트리가 세워져 있

는 방에 아버지가 들어가서 크리스마스 촛불을 켠다. 아버지
가 종소리를 내면, 아이들은 그 방에 들어와도 된다. 가족이
함께 서로 크리스마스 인사말을 나누고 크리스마스 노래를 부
른다. 그러고 나서 산타클로스 또는 아기예수가 가져온 것으
로 전제된 선물이 아이들에게 주어진다. 산타클로스와 같은
제3자를 통해 선물을 주는 풍습이 토마스 만(Thomas Mann)의
『부덴브로크가의 사람들 — 한 가정의 몰락(Buddenbrooks-Verfall
einer Familie)』(1901)에서 다음과 같이 묘사된다.

　　이런 상황에서 이번에 크리스마스가 다가왔다. 어린 요한
은 [⋯] 두근거리는 가슴을 안고 어떤 것과도 비교할 수 없는
그 날이 오기를 학수고대했다.
　　[⋯] 오후 거실에서 [⋯] 매년처럼 이번에도 아주 놀랍게도
"한 늙은 남자가" 나타나서 "아이들에 대해 묻는다." 거친 면
이 바깥으로 향해 있고 금박과 눈송이가 달려 있는 긴 모피
외투를 입은 이 늙은 남자가 발을 질질 끌며 들어왔다. 모자
도 모피와 비슷했고, 얼굴은 검었고, 커다란 수염은 희었다.
수염은 아주 짙은 눈썹과 마찬가지로 반짝반짝 빛나는 장식
용 금박이 섞여 있었다. 매년 그러듯이 그는 투박한 목소리로
왼쪽 어깨에 짊어진 자루에는 기도할 줄 아는 아이들을 위해
사과와 금박 입힌 호두가 들어 있고, 오른쪽 어깨에 메고 있
는 회초리는 나쁜 아이들을 위한 것이라고 설명했다. 이 사람
이 바로 산타클로스였다. 물론 그 사람은 진짜 산타클로스는

아니었고 아마 이발사 벤첼이 아빠의 모피 외투를 뒤집어 입었을 것이다. […]

1929년 토마스 만에게 노벨문학상을 안겨준 소설 『부덴브로크가의 사람들―한 가정의 몰락』은 장 하나(8부 8장)를 할애하여 크리스마스 축제를 묘사한다. 토마스 만은 시대상을 정확히 관찰하고, 이를 뛰어난 언어를 사용하여 표현한 이 소설에서 자신이 유년시절 가족과 함께 체험했던 크리스마스 축제를 묘사하고 있다. 이 작품에서처럼 실제에 있어서도 선물을 하는 사람이 부모, 조부모, 친척 또는 대모나 대부임에도 불구하고 산타클로스와 같은 대리인물을 통해 아이들에게 선물을 준다. 실제 선물을 하는 사람들(부모, 조부모, 친척, 대부, 대모 등)은 산타클로스와 같은 대리인물을 내세움으로써 아이들이 자신들의 존재를 알지 못하도록 하고, 아이들로 하여금 산타클로스와 같은 대리인물이 선물을 주는 것으로 믿도록 한다. 크리스마스 선물을 주는 대리인물로 문헌상 처음 등장한 존재는 성 니콜라우스이다.

성 니콜라우스는 실존한 인물이다. 4세기경 소아시아 남서부 리퀴엔(Lykien)의 뮈라(Myra)에서 주교를 지냈던 인물이다. 성 니콜라우스는 6세기에서 9세기에 걸쳐 동방 그리스 정교회의 대중적인 성인이 되었다. 동방에서 시작된 성 니콜라우스 숭배는 서쪽으로 이동하여 8세기에 로마로 들어오게 되었다.

성 니콜라우스 숭배가 알프스를 넘어 독일로 들어온 시기는 신성로마제국의 황제 오토 2세(Otto II)가 비잔틴의 공주 테오파노(Theophano)와 결혼한 972년이었다. 독일을 포함한 알프스 이북 지역에서 성 니콜라우스 숭배가 어느 정도였는가는 11세기에서 16세기에 걸쳐 성 니콜라우스를 기리기 위해 세워진 교회가 2,200개 이상이 되었다는 사실에서 가늠해 볼 수 있다. 이러한 현상은 성 니콜라우스 관련 성담에 기인한다. 소위 처녀성담에서 다음과 같이 이야기된다.

아주 가난한 남자에게 딸이 세 명 있었는데, 지참금이 없어 딸들을 결혼시킬 수 있는 형편이 아니었다. 더욱이 생활비를 벌기 위해 딸에게 매춘행위를 시켜야 할 형편이었다. 성 니콜라우스가 이러한 사정을 알게 되자 밤마다 금이 든 자루 하나씩을 그 남자의 집 안으로 던졌다. 그래서 성 니콜라우스는 딸들의 매춘행위를 막을 수 있었을 뿐만 아니라, 딸들은 그 금으로 결혼을 할 수 있었다.

소위 학생성담에서 세 명의 학생들이 여행 도중에 한적한 곳에 있는 집에 묵게 되었다. 그런데 이 집 주인은 학생들이 많은 돈을 가지고 있을 거라 생각하여 학생들을 죽여 소금에 절였다. 이를 알게 된 성 니콜라우스는 거지의 행세를 하고 그 집에 들러서 주인의 죄를 물었고, 기도를 하여 세 명의 학생들을 구하게 되었다.

성담에서 알 수 있듯이, 성 니콜라우스는 인간을 사랑하고,

기꺼이 도움을 주는 존재이다. 그래서 그는 민중들 사이에서 가장 사랑받는 성인 중의 한 명이 되었다. 이러한 성담을 배경으로 성 니콜라우스가 아동들에게 선물을 준다는 풍습이 생겨났다. 기록상으로 확인되는 것은 1535년과 1536년 마르틴 루터(Martin Luther) 집의 가계부이다. 이 가계부를 보면 자식들에게 주기 위해 구입한 성 니콜라우스 선물 금액이 기록되어 있다. 성 니콜라우스는 인간이 어려움에 빠졌을 때 도움을 주는 존재로 등장하기 때문에, 그의 축일(12월 6일)이 크리스마스 선물을 주는 풍습과 연결되었다.

그런데 프로테스탄트 종교개혁 운동이 일어나면서 가톨릭 교회의 성인들을 없애려는 경향이 나타났다. 마르틴 루터는 가톨릭의 성인인 성 니콜라우스가 아동에게 선물을 주는 풍습을 없애기 위해, 아기예수(Christkind)라는 가공의 인물을 만들었다. 이러한 사실은 마르틴 루터 집안의 가계부 기록에서 알 수 있다. 1535년과 1536년 마르틴 루터 집안의 가계부에는 12월 6일 자식들에게 주기 위한 성 니콜라우스 선물 금액이 기록되어 있으나, 이후로는 12월 25일 아기예수 선물 금액이 기록되어 있다. 이제 성 니콜라우스 대신에 아기예수가 아동에게 선물 주는 존재의 역할을 하게 되었다. 그래서 아기예수를 통해 아동들에게 선물을 주는 풍습은 독일 프로테스탄트 지역에 자리를 잡은 후 바이에른 지역과 라인 지역으로 퍼져나갔다.

선물 주는 존재로서의 아기예수는 구세주로 갓 태어난 요람

속의 아기예수와는 동일시할 수 없다. 선물 주는 존재로서의 아기예수는 종교행사 퍼레이드에서 나왔다. 종교행사 퍼레이드에서 마리아와 요셉이 갓 태어난 아기예수와 함께 행진하면 한 무리의 소녀들이 흰 옷을 입고 머리를 풀어헤친 천사의 모습으로 동행했다. 이 소녀들 무리의 인솔자가 아기예수로 불렸다. 크리스마스에 선물을 주는 존재인 아기예수는 이 같은 전통에서 유래되었기 때문에 여성이다.

독일 뉘른베르크(Nürnberg)시에서는 1969년부터 2년마다 홀수 년에 아기예수를 선발한다. 지원 자격은 16세에서 19세 사이의 젊은 여성으로서 키가 160cm 이상이어야 한다.

독일 북부 프로테스탄트 지역에서 성 니콜라우스를 대체하게 된 아기예수가 독일 남부 가톨릭지역으로 내려오면서 그 영향권을 확대했다. 이와 동시에 19세기 독일 북부지역에서는 아기예수가 산타클로스라는 존재에 의해 대체되는 현상이 일어났다. 1930년경에 어린이를 대상으로 실시한 한 조사에서 크리스마스 선물을 주는 존재는 아기예수와 산타클로스라는 결과가 나왔는데, 크리스마스에 선물을 주는 존재는 지역적인 특징을 보여주었다. 아기예수와 산타클로스가 활동하는 지역은 베스트팔렌(Westfalen)과 프리스랜드(Friesland)를, 헤센(Hessen)과 니더작센(Niedersachsen), 헤센과 튀링엔(Thüringen)을, 바이에른(Bayern)과 튀링엔을 나누는 경계선으로 구분된다. 즉, 아기예수가 선물을 주는 존재로 믿는 지역은 독일의 서부, 남서부,

남부이며, 산타클로스가 선물을 주는 존재로 믿는 지역은 독일의 중부, 북부, 동부이다. 선물을 주는 존재가 지역적으로 차이가 나는 것은 기독교의 종파와 관련 있다. 아기예수가 선물을 주는 것으로 믿는 지역은 가톨릭 지역이고, 산타클로스가 선물을 주는 지역은 프로테스탄트 지역이다. 그런데 원래 아기예수는 성 니콜라우스의 역할을 넘겨받기 위해 프로테스탄트 지역에서 자리를 먼저 잡고, 가톨릭 지역으로 전파되었다. 지금은 가톨릭 지역에 아기예수가 크리스마스 선물을 주는 존재로 설정되어 있는데, 산타클로스가 자신의 영향력을 점점 남쪽과 서쪽으로, 즉 가톨릭 지역으로 확대하고 있다. 전체적으로 보았을 때, 독일 북부지역에서는 산타클로스가, 독일 남부지역에서는 아기예수가 선물 주는 존재로 믿어지고 있다. 물론 어떤 존재가 선물 주는 존재로서 더 많은 중요성을 가지는지는 지역에 따라 차이가 있다. 산타클로스에 대한 명칭도 지역적인 특색을 보여준다. 네덜란드에서는 진터클라스(Sinterklaas), 라인지방 북부에서는 친터클로스(Zinterklos), 쾰른지역에서는 성자(Heiliger Mann), 라인강 우안 지역에서는 펠츠니켈(Pelznickel), 라인팔츠(Rheinpfalz) 지방에서는 벨스니켈 (Belsnickel), 훈스뤽(Hunsrück) 남부 지방에서는 보체니켈(Boozenickel), 오스트프리스랜드(Ostfriesland) 지방에서는 주너-클라우스(Sunner-Klaus), 하노버(Hannover)에서는 클라베스(Klawes), 메클렌부르크(Mecklenburg) 지방에서는 루클라스(Ruhklas), 슈바벤(Schwaben) 지방에서는 잔

티클라우스(Santiklaus) 등으로 불린다. 독일어에서 산타클로스를 지칭하는 단어는 Weihnachtsmann인데, 한국어로 옮기면 '크리스마스 남자'이다. 이 일반명사가 지역적으로 다양한 고유명사를 가지고 있다는 것은 산타클로스가 각 지역에서 선물을 주는 존재로 자리를 잡으면서 각 지역의 특수성을 잘 반영했다는 것을 의미한다.

산타클로스라는 존재가 널리 전파되는 데에 기여를 한 사람은 독일 국가의 가사를 작사한 아우구스트 하인리히 호프만 폰 팔러스레벤(Heinrich Hoffmann von Fallersleben)이다. 그가 1840년경에 작사한 「내일 산타클로스가 온다(Morgen kommt der Weihnachtsmann)」라는 노래를 통해 산타클로스가 널리 알려졌다.

내일 산타클로스가 온다.
선물을 가지고.
북, 피리, 총,
깃발, 칼 그리고 더 많은 것을,
그래 모든 군대를 가지고 싶다.

산타클로스 할아버지, 우리에게 가져오세요.
내일도 가져오세요.
머스켓총 보병과 수류탄 보병,
준마, 당나귀, 양, 황소,
순전히 좋은 것들을 가져오세요.

오늘날 우리가 만나는 산타클로스는 옷 가장자리에 솜과 같은 하얀 모피 장식을 한 붉은 옷을 입고 있다. 이러한 모습은 코카콜라 회사가 1931년 대대적으로 벌인 광고 덕분인데, 이후 이 같은 복장을 한 산타클로스가 선물을 주는 존재의 표준이 되었다. 이 산타클로스의 전형은 네덜란드의 진터클라스(Sinterklaas)이다.

크리스마스 때에 선물을 하는 풍습은 인간에게만 적용된 것은 아니었다. 선물 풍습은 가축과 나무에게도 해당이 되었다. 티롤(Tirol) 지방에서는 크리스마스 때에 하녀들이 팔에 반죽을 바르고 들판으로 나가 과일나무들을 껴안았다. 이것은 과일나무에게 주는 일종의 선물이었는데, 이렇게 함으로써 과일나무가 더 풍성한 과일을 맺을 거라는 믿음에서 나왔다. 또한 독일 농촌에서는 크리스마스 때가 되면 농부들이 마구간에 있는 가축과 나무들에게도 선물을 주었다. 가축들은 사과, 견과, 빵 등과 같이 평상시에는 먹어보지 못했던 맛있는 것들을 선물로 받았다. 그런데 마구간에 있는 가축에게 선물을 주면서 이렇게 말했다. "어이, 가축아. 자, 이것 받아라. 아기예수가 가져온 거다. 이것 먹고 행복해라." 농부가 가축에게 특별한 먹이를 크리스마스 선물로 주면서, 아기예수가 이것을 가져왔다고 말을 했다. 이렇게 함으로써 농부는 선물을 주는 주체가 자신이면서도 아기예수를 대리인물로 내세워 그 뒤에 숨게 되었다.

독일 헌법에는 법정 공휴일을 명백하게 규정하는 조항은 없다. 그런데 독일 기본법 제70조를 근거로 개별 연방주가 법정 공휴일과 관련하여 입법을 할 수 있는 권한이 있음을 알 수 있다. 결국 독일에서 법정 공휴일은 연방이 아니라 개별 연방주가 법을 통해 결정하게 되어 있다. 독일에서 연방주 전체에 공통적으로 법정 공휴일로 지정된 공휴일은 모두 8개이다. 이 공휴일의 명칭을 보면, 새해, 그리스도 수난의 날, 부활절 월요일, 노동절, 그리스도 승천일, 성령 강림절 월요일, 독일 통일절, 크리스마스이다. 이 중 크리스마스는 이틀 연속, 즉 12월 25일과 26일이 법정 공휴일이다. 그리고 학생들은 보름 정도의 크리스마스 방학을 한다.

크리스마스는 어떤 공휴일보다 많은 전통과 풍습을 간직한 축제이다. 그런데 크리스마스 하면 떠오르는 것이 크리스마스트리와 선물이다. 선물 없는 크리스마스는 거의 생각할 수 없다. 크리스마스가 독일에 자리를 잡기 시작한 시기는 7~8세기였다. 813년에야 마인츠 주교회의는 12월 25일을 공식적으로 예수의 탄생일로 선포했으며, 교회 밖, 즉 일반 독일인들에게는 14세기에서야 비로소 크리스마스 축제가 거행되었다. 이는 이전에는 일반인들이 크리스마스 선물을 알지 못했다는 의미도 된다. 근대에 통상적으로 주고받던 크리스마스 선물은 주로 사과와 견과류였다. 그런데 산업화가 진행되면서 경제적으로 부유해진 시민계급은 크리스마스를 자기표현의 기회로 삼았기 때문에, 크리스마스는 선물을 주고받는 축제로 변하게 되었다. 이러한 현상은 2차 세계대전이 끝난 이후에 심화되어, 오늘날은 개인의 소비욕구와 경제가 크리스마스 축제에 의미를 부여해 주는 듯한 느낌이 든다. 그래서 크리스마스를 "소비 테러"의 기간이라고 부를 정도로 비판적인 목소리들이 나오기도 한다. 텔레비전, 라디오 등 대중매체들은 경건하게 보내야할 크리스마스를 "광고와 선물 홍수" 속으로 가라앉게 만든다. 독일 통계청에 따르면 크리스마스는 일 년 중 상점의 매상이 가장 많은 기간이다. 이는 크리스마스 선물 구입이 한몫을 하기 때문이다. 1995년에 실시된 설문조사를 보면, 독일 청소년의 90% 이상이 크리스마스를 가족과 함께 보내며, 또 95%는 크리스마스 풍습 중에서 크리스마스와 가장 관계있는 것으로 크리스마스 선물을 꼽았다. 그런데 아이들에게 크리스마스 선물을 할 때에는 산타클로스와 같은 대리인물을 내세운다. 동화 「난쟁이 요정들」에 묘사된 선물의 의미를 해석해 봄으로써 크리스마스 때 행해지는 선물 풍습을 이해할 수 있다. 동화를 해석하기 위해 중세 이전 선물과 연관된 원칙, 즉 도 우트 데스라는 원칙을 살펴보고, 또 중세시대의 가정에 대해서도 살펴보았다. 중세시대의 가정은 오늘날의 가정과 달리 생활공동체이자 노동공동체였다. 부모, 자식과 같은 혈연관계를 가진 사람들뿐만 아니라, 노동력을 제공하는 하인도 가정의 구성원이었다. 그렇기 때문에 한 가정의 가장은 고용주이기도 했다. 고용주이기도 한 가장이 하인에게 선물을 하면, 이것은 해고를 의미했다. 더욱이 상속법 등으로 인해 가장의 자식들은 그 지위와 생활에 있어서 하인들과 차별되지 않았으므로, 이러한 선물의 의미가 자식에게도 적용되었다. 상속을 받지 못하는 자식에게 가장이 선물을 하면, 이 선물은 자식에게 이별을 의미했다. 가장으로부터 선물을 받게 되면 중세시대에 선물에 적용되었던 도 우트 데스 원칙에 따라 이에 상응하는 의무를 수행해야 했다. 즉, 선물을 받은 사람은 가정을 떠나야 했다. 선물은 일종의 법률적 내지 관습적 의무를 부과했다. 중세시대에 보편화된 선물에 대한 이러한 생각이 뿌리 깊게 자리 잡고 있었기 때문에, 크리스마스 선물 풍습이 생겨나면서 자식에게 선물을 하고 싶어 하는 부모들은 고민에 빠지게 되었다. 그래서 이 같은 선물의 의미와 효력을 무력화시키면서 자식에게 크리스마스 선물을 전달해 줄 수 있는 대리인물이 필요하게 되었고, 그 대리인물이 성 니콜라우스에서 시작하여 아기 예수를 거쳐 산타클로스로 변화해 왔다. 그림 형제의 동화 「난쟁이 요정들」에서 구두장이와 난쟁이 요정들 사이에 오고간 선물에는 과거 독일에서 유효했던 선물의 의미가 담겨 있다.

3. 동종요법은 믿을 수 있을까?
　― 「물귀신 닉세」

　동화 「물귀신 닉세」에서 오누이가 우물에서 놀고 있었다. 그런데 어쩌다 우물 속으로 풍덩 빠지고 말았다. 우물 속에는 물귀신 닉세(Nixe)가 살고 있었다. 그림 형제의 동화에 등장하는 물귀신의 이름이 닉세이다. 닉세의 주거지는 연못, 강, 호수와 같은 물속이다. 말하자면 닉세의 생활공간은 내륙 수역에 한정되어 있다. 그렇기 때문에 닉세는 소금기가 있는 물에서는 살 수가 없다. 이러한 생활공간은 닉세의 식습관에도 영향을 끼친다. 그림 형제의 전설 「남자 물귀신에게 머문 하녀」에서 물귀신은 소금기가 없는 음식을 먹고 산다. 닉세는 인간의 모습을 하고 있는데, 인간과 전혀 구분되지 않는 외모를 갖고 있다. 닉세의 외모는 아름답다.

　닉세는 외모에서만 인간과 똑같은 것이 아니라, 입는 옷이나, 행동, 예절 등에 있어서도 인간과 다른 차이점을 보이지 않는다. 더욱이 닉세는 가족을 갖고 있다. 부모도 있고, 형제도 있고, 친척도 있다. 물속에 사는 닉세의 세계는 인간의 세계와 별 차이가 없다.

　그런데 닉세는 인간에게 있어서 부정적인 존재이다. 닉세는 자신에게 접근하는 인간을 위험에 빠지게 하고, 심지어 인간을 희생시킨다. 그렇기 때문에 닉세와 접촉한다는 것은 위험을 뜻한다. 그런데 독일 전설을 보면, 물귀신 닉세를 알아낼 수 있는 방법을 이야기한다. 그 방법을 정리해 보면, 물귀신 닉세는 아주 부드럽지만 차가운 손을 가지고 있고, 초록색의 이빨을 가지고 있고, 소름이 끼칠 정도로 큰 눈을 갖고 있고, 입고 있는 옷의 한 부분이 항상 젖어 있다는 것이다. 그리고 전설에서는 물귀신을 제압할 수 있는 방법도 알려준다. 물귀신을 제압할 수 있는 가장 효과적인 방법은 강한 냄새를 발산하는 식물인 마요라나나 금어초를 사용하는 것이다.

물속에 빠진 오누이는 바로 이 닉세와 만나게 된다. 닉세는 오누이를 데리고 가서, 여동생에게는 실 잣는 일과 물 길러오는 일을 시키고, 오빠에게는 나무를 해오는 일을 시켰다. 그런데 오누이는 닉세로부터 먹을 것이라고는 돌처럼 딱딱한 빵만을 받았다. 닉세가 교회에 가게 되었을 때, 오누이는 도망을 쳤다. 그런데 닉세는 이를 알아차리고 껑충껑충 뛰어 오누이를 쫓았다. 닉세는 초자연적 힘을 가진 존재이다. 인간인 오누이보다 훨씬 더 빨리 달릴 수 있다. 오누이는 닉세에게 잡힐 위기에 처하게 된다. 이때 신기한 일이 일어난다. 뒤따라오는 닉세를 향해 여동생이 솔을 던졌다. 그러자 수천 개의 가시가 돋아난 솔산이 생겼다. 닉세는 이 솔산을 어렵게 넘어왔다. 오빠가 빗을 닉세를 향해 던지자, 수천 개의 빗살이 돋아난 빗산이 생겼다. 닉세는 이 빗산도 넘어오게 되었다. 이번에는 여동생이 거울을 닉세를 향해 던졌다. 그러자 거울산이 생겼다. 닉세는 미끄러운 거울산을 넘어올 수 없어 다시 우물 속으로 들어갈 수밖에 없었고, 오누이는 무사히 닉세로부터 해방되었다.

동화에서는 초자연적인 존재와 만나고 대립하는 경우가 있다. 인간을 해하려는 초자연적인 존재로부터 탈출하기 위해서는 인간의 힘과 능력으로는 되지 않는다. 왜냐하면 초자연적 존재는 인간보다 더 강한 힘을 갖고 있기 때문이다. 그렇기 때문에 인간은 현실적인 수단으로는 도저히 초자연적 존재의 영향력에서 벗어날 수 없다. 약한 인간이 강한 초자연적 존재의 힘으로부터 벗어날 수 있게 해 주는 것이 바로 마적 수단이다. 「물귀신 닉세」에서 사용된 마적인 수단은 시밀리아 시밀리부스(similia similibus)라는 마법이다. 이 동화에서처럼 인간이 마적인 수단을 사용하여 초자연적 존재로부터 탈출하는 것을 '마적 탈출'이라고 부른다. 인간의 세계에서 마적인 수단은 보통 사람이 사용할 수 있는 것이 아니다. 통상적으로 초자연적 세계와 교통할 수 있는 인간만이, 말하자면 이런 능력을 갖고 있는 사람만이 마적 수단을 동원하고 사용할 수 있다고 믿는다. 예를 들면 무당이나 점술가와 같은 사람을 들 수 있다. 그런데 동화에서는 마적 수단을 사용하는 존재가 일반 보통 사람이다. 이것이 동화의 특징이다. 주인공으로 등장하는 보통 사람이 현실적인 수단과 방법으로 자신이 처한 어려움에서 벗어날 수 없을 때, 너무나 당연하게 초자연적 존재가 개입하여 도움을 주거나, 너무나 당연하게 마적인 수단을 사용하게 된다. 이 동화에서 오누이는 분명 우리들과 다른 존재가 아니라 우리들처럼 현실세계의 법칙과 경험의 지배를 받는 보통 인간이다. 그런데 오누이가 현실세계에서는 도저히 상상도 할 수 없는 마법을 사용하는데, 이런 마법을 어디에서 배웠는지, 아니면 누구한테서 전수받았는지에 대해 동화는 어떤 정보도 주지 않는다.

마적인 것이 들어 있지 않은 동화는 더 이상 동화가 아니다. 마적인 것은 동화를 동화답게 만드는 필수 요소이다. 그런데 동화 속에서 마적인 것은 더 이상 마적인 것이 아니다. 왜냐하면 동화 속에서 일어나는 마적인 것은 등장인물들에 의해 더 이상 마적인 것으로 느껴지거나 경험되지 않고, 일상적인 것과 마찬가지로 너무나 당연하게 받아들여진다. 현실세계에 살고 있는 인간이 동화를 읽으면서, 마적인 것을 접하게 되면 경이로움을 느끼게 된다. 이 경이로움의 감정은 바로 마적인 것에 의해 만들어진다. 마적인 것은 일상적인 것은 아니다. 그리고 어떤 자연적 법칙이나 경험으로 이해될 수 없는 것이다. 마적인 것은 인간의 능력이나 힘에 의해 만들어지지 않고, 신이나 초자연적 힘의 작용에 의해 생긴다고 믿는다. 그렇기 때문에 현실세계에서 경이로운 일을 겪게 되면, 인간은 놀라움을 갖게 된다. 마적인 것 그리고 마적인 것에 의해 유발되는 경이로움을 근거로 동화가 환상적인, 현실적이지 못한 이야기로 규정되기도 한다. 물론 동화는 모두 경이로운 것들로만 채워져 있지 않다. 동화에는 인간의 이성과 논리로 이해되는 것도 있고 경이로운 것도 있다. 이 둘이 병존하고 있는 문학의 장르가 동화이다. 일상 언어사용에 있어서 '동화적'이라는 말은 현실과 관련이 없는, 믿을 수 없는 것으로 이해된다. 동화를 동화적으로 만드는 것은 주로 마법에 비롯된다. 동화는 마법의 세계에서 나온 이야기라고 말할 정도로 마법이 동화의 중요한 구성요소이다.

「물귀신 닉세」에서 오누이가 닉세를 물리치기 위해 사용한 마법은 소위 동화에서나 나올 법한 이야기이다. 그야말로 경이로운 일이고, 놀랄 만한 일이다. 그런데 이러한 일이 동화에서만 일어나는 일이 아니다. 현실세계에서도 이러한 일을 볼 수 있다. 서울에 소재한 차병원의 '대체의학·난치병센터'에서 동종요법이 적용되고 있다. 독일에서는 '동종요법-의사포럼'이 결성되는 등 동종요법은 독일에서 더 활발하게 연구되고 환자의 치료를 위해 적용되고 있다. 동종요법의 약제이론은 식물의 외적 모습을 통해 식물의 특성과 작용을 추론할 수 있다는 것이다. 그래서 황달의 경우에 노란색 꽃이 피거나, 노란색 뿌리, 노란색 수액을 가지고 있는 식물이 사용되고, 홍진 치료에는 붉은색 식물이 사용된다. 동종요법은 이미 기원전 5세기경 히포크라테스 시절에도 사용되었다. 독일 의사 자무엘 하네만(Samuel Hahnemann, 1755–1843)은 민간에 전해오던 동종요법을 체계화시켜 치료법으로 정착시킨 인물이다. 20세기에 화학성분이 주재료인 약들이 치료에 사용되면서 동종요법은 쇠퇴의 길을 걸었다. 그런데 1980년대에 들어오면서 동종요법은 기존 의학의 한계와 문제점을 보완하는 대체의학으로서 관심을 받았다.

소위 서양의학에서 병을 치료하는 방법으로 흔히 사용하는 방법은 역종요법이다. 즉 병과 반대되는 것을 사용하는 방법이다. 흔히 사용하는 약들이 여기에 해당한다. 예를 들면 열이 날 경우 열을 내리는 약을 사용하고, 설사가 날 경우 설사를 멈추는 약을 사용하고, 변비가 있을 경우 설사를 유발하는 약을 사용하고, 잠이 오지 않을 경우 잠을 오게 하는 약을 사용한다. 이와 달리 동종요법은 병과 비슷한 것을 사용하여 병을 치료한다. 동종요법은 동양이나 서양을 불문하고 오래전부터 사용해 온 민간의학이다.

동종요법의 일종으로 독일에서는 동상에 걸린 발을 치료할 때 소금에 절인 양배추를 얼려서 발을 감싸거나, 차가운 눈으로 발을 마사지한다. 추위 때문에 동상이 걸렸는데, 차가운 것으로 치료를 한다. 동종요법의 좋은 예를 우리나라에서 여름철에 흔하게 찾을 수 있다. 바로 이열치열이다. 더위는 차가운 것으로 다스려야 하는데, 더운 날 뜨거운 것으로 더위를 식힌다. 이러한 풍습은 외국인이 이해하기 힘든 한국의 문화 중의 하나인데, 한 방송사의 퀴즈 프로그램에 나오기도 했다.

이 동종요법은 「물귀신 닉세」에서 나타나는 마적인 현상과 같은 것이다. 이런 현상의 기저에는 시밀리아 시밀리부스라는 마법에 대한 믿음이 깔려 있다. 시밀리아 시밀리부스 마법은 '비슷한 것은 비슷한 것을 만들어낸다'는 믿음을 토대로 하고 있다. 그래서 주술사들은 자신이 바라는 어떤 효과를 단지 그 것을 모방함으로써 만들어낼 수 있다고 믿었다. 「물귀신 닉세」 에서는 쫓아오는 닉세를 물리치기 위해 장애물을 설치해야 한 다. 그래서 오누이는 솔을 던져 솔산을 만들고, 빗을 던져 빗 산을 만들고, 거울을 던져 거울산을 만들었다. 솔산은 솔이, 빗 산은 빗이, 거울산은 거울이 양적 팽창한 것이다. 이런 현상은 시밀리아 시밀리부스에 대한 믿음에서 나온 마적인 현상이다. 이런 의미에서 동종요법은 병을 치료할 때 병과 비슷한 것을 약제로 사용한다는 것이다.

시밀리아 시밀리부스 마법에 대한 믿음은 현실세계에서 심 심치 않게 발견할 수 있다. 예를 들면, 미운 사람이나 적대자 를 해롭게 하거나 제거하려는 악의에 찬 의도에서 시밀리아 시밀리부스 마법이 사용된다. 적대자의 초상화를 그려놓고, 이 초상화에 해를 가하게 되면, 그 해가 실제로 그 적대자에게도 일어난다고 믿는다. 이런 믿음은 전세계적으로 널리 퍼져 있 다. 우리나라 사극에서도 종종 등장하는 마법이 시밀리아 시 밀리부스 마법이다.

4. 마법으로 사랑을 얻을 수 있을까?
— 「그라이프 새」

옛날 옛적에 한 왕이 살았는데, 이 왕에게는 공주가 한 명이 있었다. 이 공주는 무남독녀였다. 그런데 공주는 어떤 의사도 치료할 수 없는 중한 병에 걸렸다. 어느 날 왕은 공주가 사과를 먹으면 다시 건강해질 거라는 예언을 듣게 되었다. 그래서 왕은 공주가 먹고 건강해질 수 있는 사과를 가져오는 사람에게는 공주와 결혼시켜주고 또 왕위도 계승해주겠다고 약속을 했고, 또 이런 내용을 널리 알리도록 했다. 하나밖에 없는 자식이 고칠 수 없는 병에 걸렸으니, 왕의 마음이 어떠했는가는 상상이 갈 것이다.

그런데 어떤 농부에게 아들이 셋이 있었다. 농부가 자신의 정원에 잘 익은 사과를 한 바구니 따서 첫째 아들에게 주면서 왕에게 보냈다. 그런데 첫째 아들이 길을 가던 도중에 난쟁이를 만났는데, 난쟁이가 바구니 속에 들어 있는 것이 무엇인가를 물었다. 첫째 아들이 '개구리 다리가 들어 있다'고 대답했다. 그러자 난쟁이는 '그렇게 되어라'고 말했다. 첫째 아들이 왕에게 가서 바구니를 열자, 사과가 들어 있는 것이 아니라 개구리 다리가 들어 있었다. 그리하여 왕은 화가 나서 첫째를 쫓아버렸다. 농부는 바구니에 사과를 넣어 둘째 아들로 하여금 왕에게 가도록했다. 둘째 아들도 첫째 아들과 마찬가지로 난쟁이를 만났고, 난쟁이가 바구니 속에 들어 있는 것이 무엇인가를 물었다. 그러자 둘째 아들은 '돼지털이 들어 있다'고 대답했다. 난쟁이는 '그렇게 되어라'고 말했다. 둘째 아들이 왕 앞에서 바구니를 열자, 사과가 아니라 돼지털이 들어 있었다. 왕은 화가 나서 둘째 아들에게 매질을 하여 쫓아버렸다.

농부의 두 아들 모두는 왕에게 사과를 가져다주는 과제를 성공적으로 수행하지 못했다. 그런데 농부에게는 아직 막내아들이 있었다. 세 명의 형제가 있을 경우, 주인공은 막내이다. 세 명의 형제에게 동일한 과제가 부여되지만, 이 동화에서처럼 나이 많은 형 두 명은 과제를 성공적으로 수행하지 못한다. 그러면 당연히 셋째에게 과제를 수행할 수 있는 기회가 자동적으로 부여되어야 하지만, 그렇지 않다. 왜냐하면 막내는 거의 대부분 바보로 간주되기 때문이다. 세 명의 형제가 등장할 경우, 나이 많은 두 명의 형은 똑똑하고 아버지가 신임하는 인물이고, 반대로 막내는 바보이며 아버지로부터 신뢰를 받지 못하는 인물이다. 형제의 관계에서 보았을 때, 똑똑한 두 명의 형은 조연이며 바보인 막내는 주인공이다. 주인공의 특징은 바보라는 것이다. 이런 특징을 가진 막내는 형제 관계에서 가장자리의 위치를 갖고 있으며, 다른 형제들과는 구별되는 특징을 갖고 있기 때문에, 쉽게 형제 관계에서 분리되어 주인공이 될 수 있다.

과제 수행에 있어서 두 명의 형들은 자동으로 과제를 부여

받으나, 막내는 과제 수행을 할 수 있는 기회를 투쟁하여 얻어 내야 한다. 막내는 끈질긴 노력으로 과제 수행의 기회를 얻어 내게 된다. 왜냐하면 농부는 막내가 바보라고 생각하기 때문 이다. 막내아들은 농부의 허락을 얻어내어 바구니에 사과를 담아 왕에게 가기 위해 길을 떠났다. 도중에 두 명의 형들과 마찬가지로 난쟁이를 만났다. 난쟁이가 바구니 속에 무엇이 들어 있느냐고 묻자, 막내아들은 공주를 낫게 할 수 있는 사과 가 들어 있다고 대답했다. 그러자 난쟁이는 '그렇다면 그렇게 되어라'고 말했다. 왕 앞에 가서 바구니를 열자 사과가 들어 있었고, 이 사과를 먹은 공주는 다시 건강해졌다. 그런데 공주 가 다시 건강해지자, 왕은 이전에 자신이 한 약속을 지키려 하 지 않았다. 농부의 막내아들에게 공주를 주지 않을 속셈으로 세 가지의 과제를 더 부과했다. 첫 번째 과제는 물에서보다 땅 에서 더 빨리 달릴 수 있는 나룻배를 만들어 오라는 것이었고, 두 번째 과제는 아침부터 저녁까지 백 마리의 토끼를 한 마리 도 잃어버리지 않고 돌보는 것이었다. 막내아들은 이번에도 난쟁이의 도움으로 무사히 두 가지의 과제를 성공적으로 수행 했다. 세 번째 과제로 왕이 부여한 것은 그라이프 새의 꼬리 깃털을 뽑아오는 것이었다. 막내아들은 왕이 부여한 세 번째 과제를 수행하기 위해 길을 가던 중 어느 성에 머물게 되었는 데, 이 성에 살고 있는 성주의 딸이 병이 들었다. 그런데 어떤 약을 써도, 어떤 의사가 치료를 해도 성주의 딸은 낫지 않았다. 막내아들이 그라이프 새를 찾으러 간다는 사실을 알게 된 사람들은 어떻게 하면 성주의 딸을 낫게 할 수 있는지 그라이프 새에게 물어달라고 부탁을 했다. 막내아들이 그라이프 새에게 가서 성주의 딸이 아프게 된 원인이 무엇이냐고 묻자, 그라이프 새는 성 지하실 계단 아래에 두꺼비가 성주의 딸의 머리카락으로 집을 지어놓았기 때문이라고 대답했다. 성주의 딸을 낫게 하려면 두꺼비 집의 재료로 쓰인 머리카락을 다시 찾아와야 한다고 했다. 막내아들이 다시 성주에게 가서 이러한 사실을 알리고, 성 지하실 계단에 가보니, 머리카락으로 지어진 두꺼비 집이 있었다. 이 두꺼비 집을 다시 찾아오니, 성주의 딸이 다시 건강해졌다.

이 동화의 마지막 부분은 너무나 동화적이다. 말하자면 현실적으로 전혀 이해가 되지 않는 판타지이다. 그런데 동화에서 묘사된 내용을 현실에서도 찾아 볼 수 있다. 머리카락이나 손톱, 발톱을 함부로 버리지 않는 풍습이 있다. 왜냐하면 인간의 머리카락이나 손톱, 발톱을 두꺼비, 생쥐, 박쥐와 같은 생물체가 가지고 가서 자신들의 집을 짓게 되면, 머리카락이나 손톱, 발톱의 주인은 병이 들고 죽게 된다는 믿음이 있었기 때문이다. 이러한 동화의 내용, 그리고 이와 관련된 현실적 현상은 신체의 일부인 머리카락이나 손톱, 발톱이 잘려나갔을지라도, 그 소유자였던 인간과 지속적인 관계를 맺고 있다는 것을 보여주고 있다. 신체에서 분리된 머리카락이나, 손톱, 발톱에 어떤 일이 발생하면, 그것의 소유자에게도 불행이 닥친다는 것이다. 민간신앙에서는 인간과 인간 신체의 일부 사이에 존재하는 교감적 관계가 신체 일부가 인간으로부터 분리되었을 지라고 지속된다는 믿음이 존재한다. 이러한 믿음의 토대가 되는 것이 파르스 프로 토토(pars pro toto)라는 마법이다. 이 마법은 주술사가 어떤 사람에게 어떤 영향을 주려고 할 때, 그 사람에게 직접 영향을 주는 것이 아니라, 그 사람의 신체의 일부 또는 그 사람이 접촉했던 물체에 영향을 끼치는 것을 말한다. 파르스 프로 토토란 말은 부분이 전체를 대표한다는 뜻이며, 부분이 전체의 기능을 행사하도록 만드는 마법이다.

이러한 마법은 사랑을 얻으려는 사람들에게 효과가 있는 것으로 믿어진다. 18세기에 『모세 제6권과 제7권』이라는 책이 출판되었다. 이 책은 민간에서 전해내려 오던 마법, 미신, 가정 처방전 등을 모아 놓은 모음집이다. 이 책 속에는 파르스 프로 토토 마법을 사용하여 사랑하는 사람의 마음을 얻을 수 있는 방법을 기술하고 있다.

이 책에 소개된 사랑을 얻는 방법은 다음과 같다.

사랑하는 사람의 사랑을 얻기 위해서 먼저 해야 할 일은 다이아몬드 반지를 구하는 것이다. 물론 아무도 껴본 적이 없는 새 다이아몬드 반지여야 한다. 이 다이아몬드 반지를 비단 천에 싸서 9일 동안 자신의 심장이 있는 가슴에 지니고 다녀야 한다. 9일째 되는 날 해가 뜨기 전에 아무도 사용하지 않은 새 조각칼로 다이아몬드 반지 안쪽에 세바라는 이름을 새겨 넣는다. 그 다음 자신이 사랑받고자 하는 여성의 머리카락 세 개를 어떤 경로를 통해서든 구해서 자신의 머리카락 세 개와 엮고서 "오 육체여, 나를 사랑해라. 너에 대한 나의 사랑처럼 나에 대한 너의 사랑도 순수하게 작열하여라. 위대한 세바의 권위를 걸고 너에게 맹세한다."라고 말해야 한다. 이 머리카락을 다이아몬드 반지에 맨다. 그러고 나서 다이아몬드 반지를 새 비단 천에 싸서 다시 6일 동안 심장이 있는 가슴에 달고 다녀야 한다. 7일째 되는 날 다이아몬드 반지를 머리카락에서 풀고 나서, 해가 뜨기 전에 다이아몬드 반지를 사랑하는 여성에게 주어야 한다. 이 순간 사랑하는 여성의 마음과 영혼이 사랑으로 가득 차게 된다고 한다.

이 책에서 이야기되는 사랑을 얻는 비법은 사랑하는 여성의 사랑을 얻기 위해 그 여성 전체를 대상으로 하지 않는다. 그 여성의 신체의 일부인 머리카락에 영향을 끼침으로써 그 머리카락의 소유자인 여성에게도 동일한 영향을 끼칠 수 있다는 믿음에서, 즉 파르스 프로 토토에 대한 믿음에서 이러한 비법이 나오게 되었다. 이와 유사한 파르스 프로 토토 마법에 대한 믿음이 오늘날에도 사용되고 있다. 젊은이들 사이에 사랑을 얻는 방법의 하나로 파르스 프로 토토 마법이 사용된다. 자신의 신체의 일부를 음식이나 음료수에 따서 사랑하는 사람에게 주면 사랑이 이루어진다는 믿음이 있다. 신체의 일부로 사용되는 것은 머리카락, 손톱, 발톱, 땀, 피 등과 같은 것이다.

5. 마녀는 왜 모두 여자일까?
—「헨젤과 그레텔」

동화에 등장하는 인물 중에서 백설 공주, 신데렐라, 장미 공주, 개구리 왕자와 같은 주인공은 우리가 잘 알고 있는 인물이다. 그리고 이 인물들은 동화를 읽는 독자들에게 긍정적인 인물로 평가를 받는다. 이에 반해 동화에 등장하는 부정적인 캐릭터를 가진 인물 중에서 대표적으로 우리에게 잘 알려진 인물은 아마도 마녀일 것이다. 마녀는 동화에서 대부분 주인공을 괴롭히고, 위험에 빠뜨리는 나쁜 존재이다. 그래서 마녀는 동화에 등장하는 인물이나 동화를 읽는 독자에게 있어서 경계의 대상이고, 공포를 유발하는 인물이다. 마녀가 어떤 존재인지 단적으로 보여주는 동화가 「트루데 부인」이다.

이 동화에서 고집이 센 한 소녀가 있었다. 이 소녀는 부모의 말을 잘 듣지 않았다. 그런데 이 소녀가 트루데 부인을 찾아가고 싶다고 부모에게 졸랐다. 부모가 트루데 부인은 나쁜 짓을 하는 못된 여자이기 때문에, 소녀가 트루데 부인을 찾아가는 것에 대해 반대했다. 하지만 소녀는 부모의 말을 어기고 트루데 부인을 찾아갔다. 트루데 부인은 소녀를 장작으로 바꾸어 불 속에 던져넣었다. 소녀는 트루데 부인의 희생물이 되었다. 트루데 부인이 바로 마녀이다. 마녀는 인간을 희생시키는 나쁜 존재이다. 그림 형제의 동화에는 마녀가 등장하는데, 『아동과 가정을 위한 동화』에 게재된 200편의 동화 중에 마녀 또는 마녀의 특징을 가진 존재가 등장하는 동화는 거의 70편에 달한다. 이 동화들 중에서 마녀의 특징과 모습을 가장 잘 나타내주는 동화가 「헨젤과 그레텔」이다.

「헨젤과 그레텔」에서 나무꾼이 부인과 함께 살고 있었는데, 아들과 딸을 두고 있었다. 아들은 헨젤이었고, 딸은 그레텔이었다. 그런데 이 나무꾼 집안은 너무나 가난하여 하루 먹을 빵조차도 없게 되었다. 그러다가 어느 날 나무꾼의 아내가 아이들을 숲 속에 버리자는 제안을 남편에게 했다. 하지만 남편은 부인의 제안을 받아들이지 않았다. 부인이 한시도 나무꾼을 가만히 놓아두지 않았기 때문에 나무꾼은 마지못해 아이들을 숲 속에 버리자는 부인의 제안에 동의를 했다. 숲 속에 버려진 아이들은 숲 속을 헤매고 다니다 우연히 작은 집을 발견하게 되었다. 그 집은 보통 집이 아니었다. 그 집은 빵으로 만들어졌는데, 지붕은 과자였고, 창문은 사탕이었다. 그들은 배가 고팠기 때문에 지붕도 뜯어 먹고, 창문도 맛을 보았다. 부모의 집에서 생활하던 것을 생각하면, 숲 속의 이 집은 그들에게는 커다란 선물이었다. 그런데 동화 속의 마녀는 독립된 공간을 가지고 있다. 말하자면 인간의 세계와 분리되어 있는 공간을 가지고 있다. 이 동화에서처럼 숲 속에 집을 가지고 있다. 숲은 인간의 세계가 아니라, 마녀와 같은 초자연적인 존재의 공간이다. 그런데 동화의 마녀는 자신의 공간을 떠나 인간의 세계 속으로 들어오지는 못한다. 이것이 전설의 마녀와의 차이이기도 하다. 그런데 마녀는 인간을 자신의 손아귀에 넣고 싶은데, 자신의 공간을 벗어나 인간의 세계로 갈 수 없기 때문에 호시탐탐 인간이 다가오기를 기다린다. 마녀가 마냥 수동적으로 인간이 우연히 자신에게 오기를 기다리기도 하지만, 이 동화에서처럼 인간들에게 부족한 것, 즉 여기서는 먹을 것을 재료로 집을 지어 놓는다. 이 집이 바로 인간들을 자신에게로 유인하기 위한 일종의 덫인 것이다. 헨젤과 그레텔이 집에서 한참 맛있게 빵, 과자, 사탕을 뜯어 먹고 있는데, 집안에서 가느다란 목소리가 들렸다.

> "오도독 오도독, 아삭아삭
> 누가 내 집을 갉아 먹지?"

이 목소리는 마녀의 목소리였다. 동화는 서사문학이다. 그런데 동화 텍스트의 중간 중간에 시구가 등장하는 경우가 있다. 이 시구는 동화에서 특별한 기능을 한다. 이 동화에서 헨젤과 그레텔이 숲 속에서 초자연적인 존재인 마녀와 첫 만남을 하게 된다. 시구는 서로 다른 차원에 있는 존재들, 즉 인간과 초자연적 존재가 처음 만날 때, 시구로 대화를 한다. 이렇게 함으로써 동화의 독자에게 주의를 환기시키는 기능도 하게 된다. 마녀의 질문에 아이들도 시구로 대답했다.

"바람, 바람,
하늘의 아이에요."

드디어 마녀가 집에서 나와 자신의 모습을 나타냈다. 마녀는 아주 늙은 할머니로, 지팡이를 짚고 기어 나왔다. 말을 할 때 고개를 근들거렸다. 마녀는 사람들을 죽여서 요리해 먹고 싶어 했다. 말하자면 마녀는 「백설 공주」의 계모처럼 식인종의 특징을 갖고 있다. 마녀의 눈은 빨간데, 멀리 보지 못하는 심한 근시이다. 하지만 이에 반해 후각은 엄청 발달되어 있다. 눈은 잘 보이지 않아도 냄새는 잘 맡는다. 우리가 애니메이션이나 동화책에서 보는 마녀의 모습은 헨젤과 그레텔에 나오는 마녀와 유사하다.

그런데 마녀는 이런 모습보다는 빗자루를 타고 다니는 모습이 더 친숙하다. 빗자루를 타고 다니는 마녀는 독일 마녀라기보다는 슬라브계의 마녀이다. 빗자루는 마녀에게 있어서 이동 수단이다.

마녀가 헨젤과 그레텔을 잡아먹으려 하지만, 그레텔의 재치로 마녀를 가마 속으로 밀어 넣고, 불에 타 죽게 한다. 동화에서 마녀는 불로 처형을 한다. 이는 실제로 유럽 사회에서 마녀 사냥을 하면서 마녀로 규정된 여자를 처형할 때 화형에 처했다. 마녀가 가마 속 불에 타 죽었을지라도, 헨젤과 그레텔은 아직 숲 속에, 즉 마녀의 생활공간 속에 있다. 헨젤과 그레텔이 마녀의 생활공간으로부터 벗어나기 위해 걸어가다가 만난 것은 시냇물이다. 동화에서 시냇물과 같은 물은 초자연적 세계와 인간의 세계를 구분 짓는 경계지역이다. 헨젤과 그레텔이 이 경계지역을 통과해야 안전한 인간의 세계 속으로 들어오게 된다. 그런데 이 시냇물을 건널 수 있는 수단이 없었다. 다리도 없었고, 배도 없었다. 헨젤과 그레텔이 스스로 시냇물을 건널 수는 없었다. 이때 오리 한 마리가 헤엄치고 있었다. 이 오리가 헨젤과 그레텔에게 도움을 줄 수 있는 조력자이다. 그레텔이 오리를 불러서 시냇물을 건너게 해달라고 부탁했다. 그런데 오리가 그들에게 다가오자 헨젤이 먼저 오리의 등에 올라타고는 그레텔도 타라고 한다. 여기서 남성과 여성의 차이가 보인다. 그레텔은 두 명이 오리 등에 타면 오리가 힘들어 하니, 헨젤이 먼저 시냇물을 건너라고 한다. 여성인 그레텔은 남성인 헨젤과는 완전히 다른 태도를 보여준다. 여기서 오리가 사람을 태워 시냇물을 건너게 해주는 것은 완전히 동화적이다. 말하자면 허무맹랑한 이야기이다. 그런데 여기서 동화의 문학적 특징을 이해해야 한다. 동화에 등장하는 인물, 동물, 사물들은 우리가 사는 세상에서 볼 수 있는 것들이다. 그런데 이런 것들이 동화에 들어오는 순간 인간의 세상에서 가졌던 모든 기능을 버리고, 말하자면 형식만을 갖게 된다. 내용은 동화가 필요할 때 채우게 된다. 「헨젤과 그레텔」에서 우리가 알고 있는 오리가 등장한다. 그런데 이 오리는 동화의 줄거리에 있어서 헨젤과 그레텔을 도와줘야 하는 조력자로 등장한다. 오리에게 주어진 기능은 헨젤과 그레텔이 시냇물을 건너도록 도와주어야 한다. 동화의 독자는 현실세계에서 갖고 있던 세계관을 갖고 동화의 세계로 들어오게 되면, 당황하게 될 수밖에 없다. 동화에서 일어나는 사건뿐만 아니라, 등장하는 인물, 동물, 사물들도 동화의 줄거리 속에서 이해해야 한다. 오리의 도움으로 시냇물을 건넌 헨젤과 그레텔은 아버지의 집에 가서 아버지와 함께 행복하게 살았다.

「헨젤과 그레텔」의 마녀처럼 동화에 등장하는 마녀는 인간에게 해를 끼치는 존재이다. 그런데 마녀라는 존재도 현실세계 속에 존재했다. 말하자면 마녀는 동화의 인물이 아니다. 우리가 지금 갖고 있는 마녀에 대한 상은 주로 동화를 통해, 아니면 동화텍스트를 토대로 만들어진 애니메이션을 통해 만들어졌다. 그럼, 동화의 마녀가 실제 현실 세계에서 있었던 것으로 믿었던 마녀와 동일한가? 실제 게르만족에게 있어서 마녀가 어떤 존재였는지를 밝혀내기 위해 고고독일어 방주문헌을 연구하기도 했다. 방주문헌에서 마녀라는 단어는 hagazussa이다. 이 단어가 여러 가지 의미로 해석이 되었는데, 이 중에서 초자연적인 존재라는 의미도 있었다. 그리고 hagazussa라는 단어를 어원적으로 분석해 보면, hag이라는 단어는 오늘날 독일어에서도 있다. Hag은 담, 울타리라는 뜻이다. 그리고 zussa라는 단어는 여성이라는 뜻을 갖고 있다. hagazussa는 울타리 근처에 존재하는 여성이라는 뜻이 되고, 또 방주문헌의 해석을 빌리면, 울타리 근처에 존재하는 초자연적 여성이라는 뜻이 된다. 이를 바탕으로 고대 게르만족에게 있어서 마녀의 실체를 파악할 수 있다. 마녀는 울타리로 에워싸여져 있는 공간에 살고 있는 인간을 보호하는 초자연적 여성이었다. 과거 울타리는 인간이 사는 공간과 아직 인간에 의해 개발되지 않은 숲을 경계 짓는 장치였다. 사람들은 인간을 위험하게 할 수 있는 나쁜 힘들이 숲에서 나와 인간의 공간으로 쳐들어 올 수 있다고 믿었기 때문에, Hag, 즉 울타리 주위에 강한 냄새가 나는 약초들을 심어 나쁜 정령들이 마을로 들어오지 못하게 했다. 말하자면 원래 마녀는 인간을 보호하는, 인간에게 도움이 되는 존재였다. 그런데 어떻게 해서 동화에서는 마녀가 인간에게 해를 가하는 존재로 등장하게 되었는가? 그것은 바로 게르만족의 기독교화와 관련이 있다. 게르만족이 기독교화 되고 난 후에도 여전히 게르만족이 갖고 있던 고유 신앙이 남아 있었다. 그런데 13세기에 기독교와 게르만족이 갖고 있던 마녀에 대한 상이 서로 충돌하게 된다. 독일 농부들은 마녀를 야간에 이동하는 좋은 여자로 간주한 반면에, 기독교는 마녀를 인간의 모습을 한 악마로 해석했다. 그렇기 때문에 기독교 입장에서 마녀는 퇴치의 대상이었다. 마녀상이 변하는 데에 기여를 한 또 다른 요소는 역사적 사건이었다. 그것은 이교도 박해였다. 12세기 말 이후 이교도들이 증가하게 되자, 기독교는 이교도들을 악마의 생산물로 간주하고 제거하려 하였다. 기독교는 마녀 또한 이교도적 요소로 간주했기 때문에 마녀도 제거의 대상이 되었다. 마녀와 이교도는 동일하게 악마의 생산물로 간주되었고, 동일하게 제거의 대상이 되었다. 그림 형제의 동화 속에 묘사된 마녀상은 15세기 말부터 확고하게 자리를 잡게 되었다. 여기에 기여한 것이 야콥 슈프렝어와 하인리히 인스티토리스가 쓴 『마녀 망치(Malleus maleficarum)』(1487)이다. 이 책을 근거로 공식적으로 1775년까지 마녀박해가 이루어질 수 있었다. 말하자면 이 책은 마녀재판, 마녀사냥, 마녀박해에 대한 교과서인 셈이었다. 왜 마녀는 여자여야 하는지에 대해 이 책은 다음과 같이 말하고 있다.

"여자는 더 빨리 믿음을 의심하고, 또한 더 빨리 믿음을 부정하기 때문에 원래 좋지 않다. 이것이 마녀짓을 할 수 있는 토대이다."

야콥 슈프렝어와 하인리히 인스티토리스가 이런 말을 할 수 있었던 근거는 여자를 나타내는 femina라는 단어의 해석이었다. 슈프렝어와 인스티토리스는 femina를 fe와 minus의 합성어로 보았다. 그들에 따르면 fe는 믿음이라는 뜻이고, minus는 더 적은이라는 뜻이라고 한다. 그러니 여자는 더 적은 믿음을 가진 존재라는 해석이 가능하다고 한다. 이렇게 해서 여자만이 마녀로 고소되고, 마녀로 처형되었다. 마녀박해, 마녀사냥은 유럽 역사, 특히 독일 역사에 있어서 어두운 한 단면이라고 볼 수 있다. 오랜 기간 동안 진행된 마녀박해를 통해 수많은 여성들이 마녀라는 누명을 쓰고 뜨거운 불에 타 죽어야 했다. 이런 처형 방법이 『마녀 망치』에 기술되어 있기 때문이다. 마녀박해가 공식적으로 1775년에 종결되었지만, 거의 300년에 걸쳐 진행되었기 때문에, 마녀박해에서 만들어진 마녀상이 어느 한 순간에 인간의 머리에서 사라지지는 않았다. 마녀박해가 공식적으로 끝난 해는 그림 형제가 태어나기 10년 전이고, 또 그림 형제의 『아동과 가정을 위한 동화』의 초판이 출판되기 40여 년 전이다. 그림 형제가 동화를 수집하고 출판할 당시에도 마녀박해의 흔적들이 그대로 남아 있었고, 이 흔적들이 그림 형제의 동화 편집에도 영향을 끼쳤다. 「헨젤과 그레텔」의 판본을 비교해 보면, 판본을 거듭할수록 마녀에 대한 부정적인 요소들이 첨가되었음을 알 수 있다. 그림 형제가 구연자들로부터 54개의 동화를 수집하여 1810년에 노발리스에게 준 욀렌베르크 필사본에 있는 「헨젤과 그레텔」에서는 마녀가 그냥 '작고 늙은 여자'로 묘사된다. 그런데 1957년 최종판에 이르게 되면, 마녀에 대한 다양한 특징들이 부여된다. 마녀의 걸음걸이, 태도, 시각, 후각 등에 대한 묘사가 있으며, 모두 부정적인 묘사이다. 동화는 전반적으로 상세한 묘사를 자제하는 데 반해, 마녀에 대한 묘사는 「헨젤과 그레텔」에서 보았듯이, 너무나 상세하다. 그림 형제가 마녀에게 더 많은 부정적인 요소를 첨가함으로써, 마녀는 더 악령화되었다. 동화에서 마녀의 역할은 주인공에게 해를 끼치는 악한 존재이다. 인과관계로 설명될 수 없는 악이라는 추상적인 개념에 실체적인 모습을 부여할 필요가 있었는데, 그 역할을 마녀가 담당한다. 말하자면 마녀는 추상적인 악이라는 개념을 구체화하고 이 개념에 실체적 모습을 부여하는 존재이다. 우리가 갖고 있는 마녀상은 게르만족이 갖고 있었던 고유의 마녀상이 아니라, 마녀사냥, 마녀재판, 마녀박해에 의해 만들어진, 그리고 그림 형제에 의해 만들어진 마녀상인 것이다.

저자 **김정철** __ 경북대학교 인문대학 독어독문학과 교수

저자는 동화, 전설과 같은 구비문학과 독일 문화에 관심을 갖고 있다. '소원을 하면 이루어지
던 그 옛날'로 시작하는 동화「개구리 왕」처럼, 현실도 동화처럼 되기를 바라는 마음을 갖고
있다. 주요 관심 분야는 동화 그 자체뿐만 아니라, 동화가 인간의 현재의 삶에 어떤 의미를
주는가에 대한 연구이다. 주요 저서로는『허구의 문학 사실의 문학 그림형제의 동화』(경북대
학교출판부)가 있다.

경북대 인문교양총서 ㉔
동화가 말하지 않는 진실-그림 형제의 동화

초판 인쇄 2014년 2월 12일
초판 발행 2014년 2월 19일

지은이 김정철
기 획 경북대학교 인문대학
펴낸이 이대현
편 집 권분옥 이소희 박선주
디자인 이홍주
마케팅 박태훈 안현진

펴낸곳 도서출판 역락
주 소 서울시 서초구 동광로 46길 6-6 문창빌딩 2층
전 화 02-3409-2060(편집), 2058(마케팅)
팩 스 02-3409-2059
등 록 1999년 4월 19일 제303-2002-000014호
전자우편 youkrack@hanmail.net

값 7,000원
ISBN 979-11-85530-80-2 04800
      978-89-5556-896-7 세트

이 도서의 국립중앙도서관 출판시도서목록(CIP)은 서지정보유통지원시스템 홈페이지(http://seoji.
nl.go.kr)와 국가자료공동목록시스템(http://www.nl.go.kr/kolisnet)에서 이용하실 수 있습니다.
(CIP제어번호: CIP2014005608)